GW00467585

L'écrivain abominable

L'écrivain abominable

ANNE-GAËLLE
BALPE

Illustrations de Ronan Badel

Pépix
ÉDITIONS SARBACANE

Ta mère, c'est la femme à barbe?

Ça ne faisait pas trois jours que ses parents avaient installé le cirque à Saint-Laurent-sur-Grole, et Manolo n'en pouvait déjà plus. Il en avait *super marre*.

Super marre de rester assis dans cette classe.

Super marre de devoir supporter la voix nasillarde de Madame Gastraud (OK, pour son nom, le premier jour c'était marrant).

Super marre de l'imparfait du subjonctif des verbes du premier groupe (qui ne sert à rien, on est d'accord ?).

Super marre des hommes préhistoriques avec leur peau de bête et leurs dents toutes pourries.

Et surtout… surtout…

Super-archi-marre des divisions posées. C'est bien simple : la seule chose que Manolo avait pigée à ce truc, c'était que ça ressemblait à une potence à laquelle on aurait pendu un quotient. Vous trouvez ça réjouissant ? D'autant qu'il suffisait de sortir une calculatrice, et hop, l'affaire était dans le sac, pas la peine d'y passer des semaines !

En récré, ça n'était pas mieux. Les autres gamins de la classe le traitaient comme un extraterrestre. Ils n'arrêtaient pas de lui poser des questions débiles, du genre :

– Hé Manolo, y a une douche dans ta caravane ?

– Ton père, il enlève son nez rouge pour manger ?

– On peut avoir une entrée gratuite ?

– Ta mère, c'est la femme à barbe ?

C'était comme ça depuis deux jours, et Manolo avait franchement envie de se pendre dans son cahier de maths avec les quotients. Ou alors, de libérer les tigres et de les lâcher dans l'école (ou les lamas, ce qui serait moins grave mais quand même marrant).

Habituellement, la troupe se déplaçait avec un maître itinérant, qui faisait classe dans sa caravane-école afin que Manolo et les autres (son cousin Paco et sa cousine Mandy) n'aient pas besoin de sortir du cirque. Sauf que le maître en question s'était fait bousculer par un troupeau de poneys pendant une répétition, qu'il avait des côtes cassées et un bras dans le plâtre et qu'on n'avait encore trouvé personne pour le remplacer.

Résultat: Paco et lui perdaient leur temps dans cette école « normale », au milieu d'enfants pénibles, en attendant de pouvoir retrouver la caravane-école. Mais le truc le plus injuste – ce qui faisait vraiment bouillir Manolo –, c'était que Mandy avait le droit de rater les cours, elle, sous prétexte qu'elle avait dix-huit ans et devait soi-disant répéter ses numéros (c'était ce qu'avait déclaré le père de Manolo, Luis, qui était patron du cirque en plus d'être chef des clowns… ce qui, malheureusement, ne le rendait pas toujours drôle).

Manolo sentit la colère monter encore d'un cran. Et lui, alors? Est-ce que c'était en étudiant la différence entre un silex et un biface qu'il allait se préparer à entrer en piste avec Honk? Comment son otarie apprendrait-elle à lui renvoyer un ballon s'il gâchait son temps à mouliner du cerveau sur « *Martin coupe un gâteau en six : colorie deux tiers du gâteau* »?!

L'autre truc qu'elle ne comprenait pas, Madame Gastraud (qui s'énervait régulièrement de le voir gigoter sur sa chaise ou regarder par la fenêtre, ou les deux), c'était qu'au cirque, le maître accordait toujours de grandes pauses entre les leçons, pour que les enfants puissent nourrir les bêtes, répéter leur numéro ou participer à la parade en ville, avec le micro, les tigres en cage à l'arrière, et tout. Ça lui aérait l'esprit, à Manolo, de sortir entre deux exercices! C'était comme ça qu'il apprenait le mieux : à petites doses!

Dans cette classe, par contre, pas question de bouger le petit doigt – et encore moins de marcher sur les mains. Tant que ça n'était pas «l'heure de la récréation», il fallait se taire, et rester assis.

Et toujours les mêmes rituels :

Accrocher son sac sur le côté de la table…

Écrire la date sur la première ligne…

Tirer un trait rouge sous le titre de la leçon (malheur à celui qui osait tracer un trait vert)…

Laisser ses affaires dans sa trousse pour « ne pas jouer avec ses stylos » (ce qui, soi-disant, empêchait d'écouter – comme si on avait les oreilles au bout des doigts !).

Et des tas d'autres manies comme ça.

2

La terrifiante Charlotte

Ce matin-là, quand Manolo est arrivé dans la cour,
un étrange attroupement s'était formé autour de celle
que toute la classe appelait « La terrifiante Charlotte ».
Terrifiante, pour le coup, Manolo trouvait que c'était
largement exagéré. Il avait vu des fauves *vraiment* ter-
rifiants, la bave aux babines, capables de vous arracher
les bras en deux coups de croc ! À côté, Charlotte tenait
plus… disons… du paon. Le genre machin emplumé
qui glousse, qui dresse le cou pour vous regarder de

haut et qui joue les starlettes avec son costume à paillettes mais qui, au fond, passe sa vie à gratter la terre
pour boulotter des vers.

Alors pourquoi ce surnom ? Pour deux raisons,
d'après ce que Manolo avait cru comprendre.

D'abord, disons que l'apparence de Charlotte n'ins-
pirait pas franchement la sympathie. Elle était IM-
MENSE. Elle dépassait toute la classe d'une tête,
voire deux. Mais pas immense comme peut l'être une

athlète harmonieuse et
musclée (Mandy par
exemple) non ; im-
mense du genre
fil de fer, tout
en longueur,
maigre et sèche,
droite comme
un « i ». Avec
de longs cheveux

blonds très raides qui tombaient en rideaux de chaque côté de son visage – pâle, le visage, au point de laisser apparaître les veines sous sa peau. C'est simple : vue de loin, elle avait tout du spectre.

La deuxième raison de ce surnom, c'était que Charlotte avait une passion dans la vie : surveiller et rapporter la moindre « anomalie » à Madame Gastraud.

Ça, Manolo l'avait compris dès la fin du premier jour.

Melvin a oublié sa tenue de sport ?… Dénoncé ! (Même si son jean, vu la tronche qu'il a, ça pourrait être un jogging.)

Manolo n'a pas de stylo bleu dans sa trousse, et il écrit en noir ? Dénoncé ! (Même si l'encre du stylo bleu, franchement, elle est presque noire.)

Joanna ne connaît pas sa poésie et sa voisine la lui souffle discrètement, mot après mot ? Dénoncée ! (Même si de toute façon, ça n'était pas très discret.)

Bref, Charlotte n'était pas réellement « terrifiante », mais c'était une peste, pour sûr.

Manolo contourna l'attroupement et rejoignit Joanna, qui était assise sur un banc. C'était la seule de la classe qu'il trouvait sympa. Enfin, disons qu'elle était un peu plus… spéciale que les autres. Car elle avait une « particularité » – qui lui valait, à elle aussi, d'être regardée de travers : elle avait des parents noirs. Ce qui n'avait en soi rien d'exceptionnel, sauf que Joanna, contrairement à ses parents, était blanche, avec les cheveux lisses et les yeux clairs.

Ce n'était pas un mystère de la nature : les parents de Joanna l'avaient tout simplement adoptée. Mais dans un coin comme Saint-Laurent-sur-Grole, déjà, les enfants adoptés, ça ne courait pas les rues ; alors le coup des parents noirs qui adoptent un enfant blanc, ça faisait de vous l'attraction de l'année ! D'ailleurs, Manolo n'avait pas mis les pieds dans la classe depuis cinq minutes qu'il était déjà au courant de cette histoire. Étant traité lui-même comme une bête curieuse, il comprenait ce que Joanna pouvait ressentir.

Il s'assit à côté d'elle.

– Il se passe quoi, avec Charlotte ? Elle a remporté le prix Miss Fayotte ?

– Presque ! Hier, c'était les élections municipales, et son oncle est devenu maire de Saint-Laurent. Elle en fait des tonnes : on va la voir à la télé, elle dînera chez le Président, elle aura une statue dans le village...

– Oh là là, n'importe quoi !

– Ouais, comme tu dis. Et ces idiots restent là à l'écouter. Enfin, en attendant... elle nous lâche un peu, c'est toujours bon à prendre.

– T'as raison. Je crois même qu'on devrait en profiter.

Manolo jeta un coup d'œil, et sortit doucement de sa poche un petit couteau suisse. Joanna regarda partout autour d'eux, affolée.

– T'es fou, Manolo, c'est interdit les couteaux !

– Ben je sais, justement, c'est bien ce que je dis : Charlotte est occupée, faut en profiter !

Il se mit à graver des lettres sur le banc avec la pointe du couteau. D'abord un **C**, puis un **H**, un **A**…

– *Cha*… Évite les fautes d'orthographe, si possible ! ironisa Joanna.

– Attends, chuchota Manolo.

Il continua. **CHARL**…

– T'es en train d'écrire « Charlotte » ?!

CHARLOTTE…

– T'es amoureux ou quoi ?! s'exclama Joanna.

CHARLOTTE PR...

– *Charlotte prends-moi dans tes bras ? Charlotte printemps de mon cœur ?*

CHARLOTTE PRÉS...

– *Charlotte présente* ?! Ça veut rien dire !

– Pfff, mais attends ! Bon. Ferme les yeux, je te dirai quand c'est terminé !

Elle obéit (tout en pouffant parce que quand même, c'était drôle que Manolo grave « Charlotte » sur un banc). Quelques secondes après, il annonça triomphalement :

– C'est fait !

Joanna découvrit le résultat pile au moment où la sonnerie retentit – toute l'école se précipitait déjà devant les portes.

– *« Charlotte présidente »* ?!

– Je me suis dit que ça lui ferait plaisir, maintenant que sa famille se lance dans la politique. Et puis avec un peu de chance, on pensera que c'est elle qui a écrit ça.

– Ha ha ! Alors là, aucune chance ! Cela dit, c'est bien essayé !

– Faut y aller…, dit Manolo, Madame Gastraud est déjà en train de nous lancer son regard qui tue…

– Ah ben devine : Charlotte a dû cafter ! Tu vas voir, bientôt elle va nous dénoncer avant même qu'on ait fait quoi que ce soit, juste parce qu'on avait *imaginé* faire un truc louche! Avec sa tête de fantôme… Je suis sûre qu'elle lit dans les pensées.

Ils coururent vers les autres. Quand ils arrivèrent dans le rang, ils eurent la confirmation que la terrifiante Charlotte avait encore frappé. Juste à côté de la maîtresse, elle les fixait d'un air méprisant (les yeux braqués vers le bas, menton légèrement rentré). C'était une vision répugnante.

3
L'Écrivain

C'est ce même jour que Manolo entendit parler pour la première fois de Roland Dale. Il venait de s'installer confortablement près de la fenêtre, tout seul, tranquille, le regard déjà ailleurs, quand la terrifiante Charlotte lança, de son insupportable voix suraiguë :

– Madaaaame, est-ce qu'on pourra faire dédicacer nos livres par Roland Dale, demain ?

Manolo n'écouta pas la réponse de la maîtresse. Il se tourna vers Noam.

– De quoi elle parle ? C'est qui, ça, Roland Bale ?

– Dale. Roland Dale, avec un D. C'est l'auteur des *Merveilleuses Aventures d'Émile Carton* ! Tu l'as pas lu ? Il vient à l'école demain !

Manolo, lire ? Aucun risque ! Il détestait ça (les documentaires, à la limite, quand on voulait en savoir plus sur quelque chose… mais alors les romans, ça servait à QUOI ?).

– Pourquoi il vient ?? continua Manolo.

– Ben, pour nous rencontrer, pour nous parler de son métier, de ses livres. Il va commencer par la classe des petits et ensuite, ça sera à notre tour.

– Il peut pas en rencontrer ailleurs, des enfants ? Je sais pas, dans la rue, au parc… C'est vraiment la peine qu'il vienne nous ruiner notre journée, à nous ? On s'ennuie pas assez comme ça ?

Soudain, Noam baissa les yeux et se figea net. Puis il dit à voix haute, mais en articulant à peine :

– C'est pas… ma faute… C'est lui, Madame. C'est Manolo qui veut pas voir Roland Dale.

Manolo se retourna et vit Madame Gastraud debout juste devant lui, les poings sur les hanches. Un murmure parcourut la classe.

– Tu peux m'expliquer, Manolo?

– Bah, franchement… on pourrait pas inviter quelqu'un d'autre? Un policier, un pompier, un sportif… ou même un dompteur – si vous voulez, mon oncle peut venir, tiens! Enfin, je veux dire… on pourrait pas inviter quelqu'un qui fait un métier *intéressant*?

Re-murmure, avec des « oh là làààà » dedans. Certains se bouchèrent discrètement les oreilles, pressentant ce qui allait se passer. Et ça ne manqua pas: la maîtresse tendit un doigt en l'air et, de l'autre main, frappa la table de toutes ses forces:

– **ÇA SUFFIT** ! Je te préviens, Manolo: demain, tu as intérêt à te tenir tranquille. Il est hors de question que tu gâches ce moment que nous attendons **TOUS** depuis des semaines!

Manolo comprit qu'il était inutile de développer son point de vue sur les écrivains (c'était dommage parce qu'il avait des tas de choses à dire qui auraient pu intéresser la classe… des trucs auxquels personne n'avait peut-être jamais pensé !).

Il hocha la tête en signe de défaite et reprit son activité habituelle, à savoir : regarder dehors jusqu'à l'heure du déjeuner.

Quand il rentra au cirque pour manger, à midi, il était loin de se douter que la préparation de l'arrivée de l'écrivain, qui leur avait déjà pris la matinée, allait se prolonger tout le reste de la journée. Dans la classe, les autres semblaient attendre cet événement avec impatience, même Joanna (Charlotte, n'en parlons pas : elle se vantait carrément d'avoir acheté une nouvelle jupe pour l'occasion) !

Sur le chemin, il demanda son avis à Paco.

– J'en sais rien, moi ! répondit son cousin de sa petite voix fragile. Je les ai pas lus, ses livres ! Dis, tu crois que Maman a fait des frites comme hier ? Tu sais, dans ma classe y a un aquarium, et aujourd'hui c'est moi qui ai donné à manger aux poissons, même qu'y en a un qui s'appelle Carotte – c'est bête, non ?

Paco avait décidément encore du mal, à sept ans, à tenir le fil d'une conversation. Ça faisait partie de son caractère, toute la famille était habituée, mais parfois, Manolo trouvait ça fatigant. Il reprit :

– Mais toi, tu as envie de voir un écrivain ? Tu trouves que c'est un métier intéressant ?

– C'est quoi, un écrivain ? Moi j'aime bien les acteurs et aussi, Madame Grette elle chante bien. Comme Mandy !

Paco se mit à sautiller sur une jambe en levant l'autre.

– Oh, et t'as vu mon pansement ? C'est Georges qui m'a poussé dans la cour – il est méchant, Georges, je l'aime pas – mais ça saigne plus, enfin je crois. Attends je regarde… Wooow, y a un pirate dessus !!! Cléia aussi elle est méchante et…

Tandis que son cousin décollait son pansement en tirant la langue, Manolo vit passer Joanna, sur le trottoir d'en face. Il lui fit signe de traverser ; elle laissa passer une voiture et les rejoignit.

– Il a quoi, ton cousin ?

– Oh, c'est rien.

– C'est pas rien, ça saigne ! s'indigna Paco sans relever la tête, encore affairé sur son pansement.

Manolo secoua la tête, soupirant de découragement.
Puis il demanda à Joanna :

– Tu peux m'expliquer ce qu'il a de si passionnant,
ce Roland Dale ?

– Si t'aimes pas lire, déjà, tu peux pas comprendre.

– Disons que je préfère utiliser mon cerveau pour faire des trucs plus utiles, tu vois.

– Ah ouais ? Quoi ? Regarder la télé ?

– Mon papa il aime bien la télé ! annonça Paco.

Manolo ne connaissait pas très bien Joanna, mais il avait remarqué qu'elle pouvait parfois partir au quart de tour. Et devenir cruelle, d'un coup. Comme pour se venger de tout ce qu'on lui disait à propos de ses parents adoptifs, et même si celui qui était en face d'elle n'avait rien à voir avec ça. Dans ces cas-là, il valait mieux s'éloigner et attendre que ça passe.

– Peut-être qu'un jour tu dépasseras la page 2 d'un livre... Tu verras, c'est agréable ! lança-t-elle.

– Ouais... C'est ça. Allez viens, Paco, ils vont nous attendre. En plus, faut que je nourrisse Honk.

Il prit la main de son cousin et pressa le pas.

Quant à Joanna, elle haussa les épaules, traversa la route et s'éloigna en sifflotant.

4

« L'impertinence est un vilain défaut »

On y était. C'était *LE* jour. *LE* matin. Et bientôt, *L'HEURE* : Roland Dale, l'auteur des *Merveilleuses Aventures d'Émile Carton*, allait venir dans la classe.

Manolo, lui, s'apprêtait à passer une des pires matinées de sa vie.

Que lui apportait la venue de cet écrivain, en fin de compte?… Du travail supplémentaire! Oui, car la maîtresse s'était mis en tête de préparer une interview de Roland Dale, et chaque élève avait dû rédiger des questions. En gros, c'était eux qui faisaient tout le boulot, tandis que lui n'aurait plus qu'à se pavaner et répondre ! Tu parles d'une arnaque…

La veille, au moment du déjeuner, Manolo avait d'ailleurs bien amusé Mandy et Paco en leur parlant de ce « grand événement » qui mettait Madame Gastraud dans tous ses états.

– Et vas-y qu'on doit ranger la bibliothèque, afficher des dessins au mur, s'entraîner à poser des questions devant tout le monde… Là, normalement, je suis censé être en train de réfléchir à une liste de questions, vous imaginez ?! Mais j'ai rien à lui dire, moi, à cet écrivain ! Non mais franchement, qu'est-ce que vous voulez qu'il fasse devant nous, le gars ? Jongler avec des livres en feu ? Dompter des stylos ? Moi j'en voudrais pas dans mon cirque, d'un gugus pareil !

– Moi non plus ! Et aussi, j'aime pas les courgettes !
avait dit son cousin, riant au point de basculer de sa
chaise.

Ensuite ils avaient imaginé tout un spectacle : livre
avaleur de sabre, pyramide de pages, lancer de mots…
Ils avaient ri jusqu'à en avoir des crampes !

Bien entendu, Manolo n'avait rien fait de tout l'après-midi, et lorsque ça avait été à lui de lire ses questions, il avait répondu à la maîtresse :

– Je passe mon tour. Joker.

Ce qui lui avait valu cinquante lignes de *L'impertinence est un vilain défaut*, ainsi qu'une question imposée qu'il devrait lire à Roland Dale « sous haute surveillance » (ce qui signifiait, en clair, que la maîtresse demanderait à la terrifiante Charlotte de s'asseoir à côté de lui).

Au cirque, le soir, Manolo était allé voir son père dans sa loge, juste avant le spectacle, et l'avait supplié de l'autoriser à rater l'école :

– Ça ne sert à rien, papa ! Je ferais mieux d'entraîner Honk !

Son père n'avait pas fini de se maquiller. Il n'avait étalé que le blanc sur son front et ressemblait à un squelette avec des yeux très très noirs.

– Mon fils, l'école, c'est tous les jours.

– Papa… Demain, y a un AUTEUR qui vient! Un type qui écrit des bouquins!

– Je sais ce qu'est un auteur, Manolo.

– Mais on va devoir rester assis à l'écouter répondre à des questions nulles, et si ça se trouve, il va même nous lire un bout de ses histoires débiles! *Les Merveilleuses Aventures d'Émile Carton*… Je vais moisir d'ennui, papa, tu peux PAS laisser faire ça!

Là-dessus, Manolo avait louché en tirant la langue, comme s'il avait été frappé de mort subite, pour faire plus d'effet.

– Laisse-moi me préparer, maintenant! avait sèchement répondu Luis en dévissant la boîte de maquillage rouge. Tu y vas, C'EST TOUT.

Ainsi Manolo se retrouva-t-il le lendemain en classe, sur sa chaise, le regard rivé à la fenêtre, comme les autres jours, à observer de loin le cirque qui vivait sans lui. Et pendant que la classe répétait, une énième fois, les questions à poser à Roland Dale, il admirait le bout du bâton du dompteur, qui tournoyait quelques dizaines de mètres plus loin, au-dessus des tigres.

Une fois, Mandy l'avait mis au défi d'entrer tout seul dans la cage des fauves. Prêt à n'importe quoi pour montrer à sa cousine qu'il était le plus courageux, il avait accepté. Il était entré, brandissant un tabouret, les quatre pieds braqués sur le tigre (la classe). Il se souvenait de cette impression bizarre qu'il avait eue d'être une minuscule souris face à un énorme chat… Heureusement, il n'était resté que quelques secondes, car Mandy l'avait alerté du retour de Freddy, et il était ressorti vite fait de la cage avant que son oncle ne le voie.

Il sentit la terrifiante Charlotte lui donner une rafale de coups de coude.

– Hé, c'est à toi !

– Manolo ?! **NOUS T'ATTENDONS !** hurla la maîtresse.

Manolo se frotta les yeux pour reprendre ses esprits, et toussa.

– Hum hum, alors… Euh, oui… «Monsieur Roland Dale… Mais…

Il fit une longue pause pendant laquelle il n'y eut plus le moindre bruit dans la classe.

– … d'où viennent vos idées?!»

Il avait prononcé cette phrase d'un air si sérieux et stupéfait (avec une voix grave, et son poing devant la bouche pour faire un micro) que toute la classe se mit à rire.

– Cesse de faire le clown! répondit Madame Gastraud.

Juste derrière, quelqu'un chuchota: « Tel père, tel fils! ». Manolo préféra faire semblant de n'avoir rien entendu.

– Je ne fais pas le clown, Madame, je fais ce que vous m'avez demandé: je pose une question à Roland Dale, l'auteur des *Merveilleuses aventures d'Émile Carton*, dit-il, très fort, toujours sur ce ton ridiculement sérieux.

– Bon, ça va, s'agaça la maîtresse, j'ai compris, tu es irré-cu-pé-rable, Manolo! Question suivante!

Comme personne n'enchaînait, Madame Gastraud
se mit à hurler :

– **QUEEESTION SUIVAAANTEEEEE !**

Un garçon se dévoua.

Manolo, lui, se remit à rêver, la tête dans les bras, en
regardant par la fenêtre. Il aperçut Mandy, qui volti-
geait dans son costume à paillettes. De là où il était, le
trampoline était caché, et on aurait dit qu'elle flottait
en apesanteur. Avec tous ces éclats dorés autour d'elle,
c'était vraiment magique.

Charlotte lui donna un nouveau coup de coude dans les côtes ; Manolo tourna la tête.

– Réveille-toi, Pippo le clown ! La maîtresse va nous interroger sur le vocabulaire d'anglais, en attendant que Monsieur Dale arrive.

Il la fixa un moment. Il ne supportait plus cette espèce d'asperge blonde. Et à cause de cette nullité d'auteur qui allait venir dans la classe, il avait EN PLUS fallu qu'il soit assis à côté d'elle (le pire, c'est qu'elle portait un truc anti-poux à la lavande qui donnait la nausée).

Manolo n'avait, bien sûr, pas révisé – enfin, si, il avait révisé, mais les roulades avec Honk, pas l'anglais : du coup, la seule chose qu'il savait dire était « *good boys !* » (ce que Freddy le dompteur criait aux tigres quand ils avaient réussi un numéro). Pas sûr que ça suffise à satisfaire Madame Gastraud...

La matinée promettait d'être sacrément longue.

5

Le jeu des questions sans réponses

Quand Roland Dale arriva, juste après la récréation, Manolo avait déjà été puni deux fois. Enfin, pour être exact, trois, sauf que pour le taille-crayon de Melvin, ça n'était pas juste vu que le bidule était déjà tout rafistolé avec du scotch, alors Manolo ne l'avait pas *vraiment* cassé (juste achevé). Mais de toute façon, trois fois puni d'une moitié de récré, ça rimait à quoi ? (À force de travailler sur les parts de gâteaux, Manolo avait au moins appris que la troisième moitié n'existe pas).

La porte de la classe s'ouvrit brutalement.

– Oh là là, c'est *LUI* ! couina la terrifiante Charlotte, les mains jointes sur la bouche.

Manolo leva les yeux du dessin qu'il était en train de faire (un tigre sautant dans un cerceau en feu, de toute beauté, en plein milieu de la leçon sur les divisions). Et il le vit.

Roland Dale. Encore plus laid que ce qu'il avait imaginé ! Grand, très grand, et voûté. Avec un visage très très pâle et de tout petits yeux plantés sous un front énorme et barré de sourcils épais. De longs doigts fins qui ressemblaient à des pattes d'araignée. Des cheveux extrêmement lisses, et très gras, noirs comme les plumes d'un corbeau – et un tas de pellicules sur les épaules. Totalement dégoûtant.

Tout le monde restait silencieux – même Madame Gastraud, qui se tenait debout derrière son bureau, raide, au garde-à-vous.

Alors que l'Écrivain s'avançait sans dire un mot, jetant à la classe un regard en coin plutôt terrifiant, il apparut

à Manolo que cet homme semblait… flotter! Mais oui, flotter, à deux centimètres du sol, comme un fantôme.

– Euh, chuchota Manolo en se tournant vers Charlotte, c'est moi ou…

– Les enfants! claironna la maîtresse. Levez-vous pour saluer Monsieur Roland Dale, qui nous fait **L'IMMEEEENSE** plaisir de nous rendre visite ce matin, alors qu'il doit avoir *tant à écrire*!

Tous se levèrent d'un seul bloc.

– Boon-jooour Monsieur Roland Daaale!

Manolo, lui, s'était penché au-dessus de sa table pour tenter de voir ce qui se trouvait sous les pieds de l'auteur. Est-ce qu'il se déplaçait sur une sorte de skateboard? Comment faisait-il pour glisser comme ça?

Soudain, une intense lumière bleue éclaira le sol – et au même instant, Manolo sentit un courant d'air froid lui frôler la nuque. Il leva lentement la tête.

Il régnait une drôle d'atmosphère dans la classe. Tout était très calme. Trop, en fait. Pas un chuchotement, pas le plus petit bruit de stylo remué dans une trousse, pas une règle tombant par terre, rien. Manolo se sentait bizarre et commençait à avoir froid.

Sur l'estrade, Madame Gastraud apportait un siège à l'auteur qui s'y installa en annonçant, d'une voix grinçante :

– Bien, bien… Asseyez-vous tous, maintenant. Commençons.

Ils s'exécutèrent. Ensuite, un lourd silence fit place au vacarme des chaises. Manolo contempla la classe : tout le monde avait les yeux scotchés à Roland Dale. Même lui, à vrai dire, se sentait comme… attiré… Il n'arrivait plus à détacher son regard de celui de l'écrivain (comment était-ce possible ? Ce type était aussi laid qu'une limace de mer !). Ça lui rappelait le numéro de Greg, qui hypnotisait quelqu'un parmi le public et lui faisait faire n'importe quoi (danser, aboyer, sauter à cloche-pied…).

– Nous avons préparé… quelques questions, dit la maîtresse, l'air bizarrement ahuri.

– Oui, hé bien, comme d'habitude quoi ! la coupa sèchement Roland Dale. Allez, ne perdons pas davantage notre temps !

Melvin commença, comme prévu lors de la répétition générale :

– Mon-sieur-Dale, de-puis-quand-écri-vez-vous ?

Et à ce moment-là, l'Écrivain fit un truc franchement étrange. Au lieu de répondre, il se leva, s'approcha de Melvin, et le *dévisagea*. Il se tenait à quelques centimètres à peine de son visage, silencieux, menaçant... et Manolo eut l'impression folle de voir une sorte de *lueur bleue* sortir des yeux de Roland Dale... et toucher ceux de Melvin !

Il secoua le bras droit de Charlotte :

– Hé ! T'as vu ?!

Mais sa voisine restait immobile, souriant bêtement, le regard perdu.

Le plus déroutant, c'était que Roland Dale n'avait pas du tout répondu à la question. Il avait simplement dérivé de sa chaise jusqu'à Melvin (comment? Manolo n'avait toujours pas compris!), s'était arrêté quelques secondes devant lui, et puis était reparti s'asseoir pour attendre la question suivante.

Et PERSONNE ne réagissait! Personne n'avait remarqué qu'il n'avait pas répondu!

– Monsieur Roland Dale, pr... prééé... préfffé... préférez-vvv... vous écrrr... écrire... des histooo... des histoires... drrr... drôles, ou bbb... ou bien des histoires tr... trrr... tristes?

C'était au tour de Noam. Dire qu'il peinait tant à lire sa phrase et qu'à tous les coups, cet horrible écrivain débile n'allait même pas lui donner de réponse!

Et c'est exactement ce qui se passa. Roland Dale glissa jusqu'à Noam, et le fixa sans un mot jusqu'à ce que – cette fois, aucun doute – la lueur bleue apparaisse.

Au bout de la septième « question », Manolo se dit qu'il fallait quand même faire quelque chose. Pendant que Roland Dale flottait vers un nouvel élève, il se leva discrètement pour rejoindre la maîtresse. Elle était immobile, les mains jointes, les yeux fixes. Absente.

– Maîtresse…

Elle ne bougeait pas. Ne semblait pas le voir. Manolo claqua les doigts devant son visage (c'est ainsi que Greg réveillait le type hypnotisé, à la fin du spectacle). Aucune réaction.

– *Retourne t'asseoir !*

La voix caverneuse de Roland Dale le fit sursauter. La maîtresse revint aussitôt à elle et posa ses yeux sur Manolo.

– Mais… qu'est-ce que… Enfin, que fais-tu là, debout ?!

– Maîtresse, chuchota-t-il en cachant sa bouche d'une main tout en montrant l'auteur de l'autre, il ne répond pas aux questions ! Et il est vraiment biz…

– **OH !** Tu devrais avoir **HONTE**, Manolo ! Tu déranges toute la classe en un moment aussi important ! Retourne immédiatement à ta place !

Puis, d'une voix toute douce, elle s'adressa à l'Écrivain :

– Veuillez nous excuser. Ce garçon me cause bien des problèmes, depuis son arrivée – c'est qu'il vit dans un

cirque, vous comprenez! Avec un père clown, forcément… Mais il va rester tranquille, cette fois.

Elle tourna la tête vers Manolo.

–N'EST-CE PAS, MANOLO ?

Voyant qu'il n'y avait aucune chance qu'on l'écoute,
il s'assit à côté de la terrifiante Charlotte (qui n'était
plus terrifiante du tout: depuis qu'elle avait posé sa question, la
numéro cinq, elle semblait aussi vive qu'une asperge cuite sur
laquelle on aurait collé des yeux).

6

Par ici la sortie
(de secours)

Le manège continua. À la question douze (« combien de livres avez-vous écrit ? »), il faisait si froid dans la classe qu'on pouvait voir de minuscules cristaux de glace apparaître à l'angle des fenêtres. Quant à Roland Dale, il ne prenait même plus la peine de quitter son siège pour s'approcher de celui qui parlait. Il restait assis et la lueur bleue traversait la pièce, directement de lui jusqu'à l'enfant !

Tout en soufflant sur ses doigts pour les réchauffer, Manolo bouscula légèrement sa voisine et chuchota :

– T'as pas froid, toi ?

Le coup d'épaule de Manolo la fit tanguer de gauche à droite puis de droite à gauche, comme un culbuto, ce qui était assez marrant à voir, mais quand même glaçant. Et comme Charlotte restait muette, il s'approcha encore un peu, secoua sa main devant elle : son visage était figé. Ses paupières ne clignaient même plus.

Manolo refit un tour d'horizon. Tous ceux qui avaient posé leurs questions à Roland Dale étaient dans le même état que sa voisine – tandis que les autres paraissaient à peine plus éveillés, ne semblant rien remarquer... C'était quoi, leur problème ?!

Il fallait agir, décidément... mais que faire ?

Samir, du fond de la classe, était en train de lire sa question. Manolo réfléchit : juste après, ce serait au tour de Joanna (il l'entendait répéter à voix basse, derrière) et puis, à son tour à lui. Il se retourna et lui prit la feuille des mains.

– Hé! Rends-moi ça! chuchota Joanna – au moins, elle n'était pas complètement ramollie.

– Il ne *faut pas* que tu lises cette question!

– Tu me fatigues, Manolo…

– Mais enfin, tu ne vois pas ce qui se passe? Regarde autour de toi, tout le monde est devenu… bizarre! Je suis sûr que c'est ce Roland Dale! Il les a envoûtés! Et à cause de lui, la température de la classe frôle le zéro!

Elle leva les épaules et secoua la tête.

— Oh là là, non mais n'importe quoi! C'est la vraie vie, tu sais, sans magicien et sans marionnette qui parle! Allez, rends-moi ma feuille!

OK: Joanna lui avait toujours semblé plus intéressante que les autres mais là, il la trouvait clairement décevante. Pour éviter d'attirer l'attention, il la laissa récupérer sa feuille d'un coup sec.

Il n'arrivait pas à comprendre pourquoi personne ne voyait la même chose que lui. Est-ce que c'était à cause du premier flash de lumière bleue qui était apparu au moment où il avait baissé la tête?

La température avait encore chuté. Manolo était gelé, au point que ses mains tremblaient et que ses pieds commençaient à s'engourdir. Il tourna les yeux vers la fenêtre: waouh, le givre avait tout envahi! De l'intérieur!

En frottant son poing contre la vitre, il fit fondre un peu de glace et réussit à voir la rue à travers le rond qu'il venait de dessiner. Là-bas, son père, debout sur une échelle, repeignait le mât qui portait le drapeau du cirque. Manolo lui fit signe, mais Luis était trop loin.

– Question suivante ! lança la maîtresse, d'un ton de caporal chef.

Zut alors. Joanna l'avait déçu, mais Manolo ne pouvait quand même pas la laisser se faire transformer en légume comme les autres de la classe !

À cet instant, il vit son père cogner du coude le pot de peinture rouge accroché à l'échelle et se faire éclabousser – on aurait dit un gag !

Oui… voilà : c'était LA solution ! Ni une, ni deux, il balaya violemment les pots de peinture posés sur le bord de la fenêtre, qui voltigèrent : Joanna et lui se retrouvèrent aspergés de bleu, de jaune et de violet.

– Qu'est-ce que c'est que ce *CIRQUE* ?!!
hurla l'Écrivain en crachant les syllabes une à une.

Ceux qui n'avaient pas encore été totalement envoûtés se tournèrent avec lenteur vers Manolo. Les autres restèrent immobiles, sans aucune expression sur le visage, leurs yeux grands ouverts fixant Roland Dale. Ce dernier s'était levé de son siège, très énervé par cette nouvelle interruption. Il

fulminait, même !

Pour de vrai : des éclairs *jaillissaient* de son visage, qui était plus rouge que le mât repeint par Luis !

Et une fois de plus, aucune réaction dans la classe. Apparemment, tout le monde trouvait normal que des éclairs sortent de la tête d'un auteur !

Sa voix terrifiante résonna de nouveau :

–QU'ON ME DÉBARRASSE DE CES DEUX-LÀ !

– Bien sûr, Maîîître, tout de suiiiite ! grinça Madame Gastraud en se penchant vers l'avant, à la manière d'un valet.

« Maître » ? Pourquoi l'appelait-elle comme ça ? Manolo n'eut pas le temps de s'étonner davantage : Madame Gastraud les avait saisis par le col, Joanna et lui, et les emmenait déjà jusqu'à la sortie. Elle les jeta dans le couloir !... Dans l'élan, il remarqua des sortes de taches verdâtres sur le visage de la maîtresse (elle moisissait ou quoi?) tandis qu'elle criait, en pointant les toilettes du doigt:

– Allez vous nettoyer! Et inutile de revenir avant l'heure de la cantine! **LE MAÎÎÎTRE** ne veut plus vous voir!

Elle fit volte-face et claqua la porte derrière elle. Manolo aurait juré avoir vu une feuille plantée dans son cou.

7

Planctosaurus Rex

Tandis que Joanna se dirigeait vers les toilettes, Manolo attrapa sa manche pour la retenir :

– On n'a pas le temps de se nettoyer ! Il faut arrêter ce… ce monstre !

Elle se retourna et secoua le bras pour qu'il lâche son pull.

– Mais de quoi tu parles, Manolo ? Arrête un peu avec tes histoires ! C'est un écrivain, c'est tout. D'accord, tu n'aimes pas lire, on a compris…

Elle avait ponctué ce dernier mot d'un regard furieux. Il commençait à se demander s'il n'était pas en train de rêver… Si ça se trouve, il était devenu fou ? Il délirait et ne s'en rendait même pas compte ! Il ne pourrait jamais devenir dompteur d'otaries, et il finirait comme assistant clown, à vendre des souvenirs pendant le spectacle jusqu'à la retraite. Manolo se sentit parfaitement désemparé.

Lorsque Joanna referma la porte des toilettes derrière elle, il se retrouva seul dans le couloir. Au milieu d'un silence mortel, il pouvait entendre les élèves de Madame Gastraud continuer à débiter leurs questions dans la classe.

C'est là qu'il s'aperçut que celle d'en face (la classe des petits, qui avait reçu l'Écrivain en premier – celle de Paco !) était tout à fait silencieuse. On ne percevait pas de voix, ni de bruit de craie sur le tableau, ni de raclement de chaise sur le sol : à croire que ça dormait, là-dedans. C'était d'autant plus bizarre que Paco, il le savait bien,

était aussi calme qu'une balle rebondissante… lui, au moins, on aurait dû l'entendre !

Manolo posa la main sur la poignée de la porte et l'abaissa tout doucement. Bientôt, il put passer un œil dans l'ouverture…

… et il découvrit une scène cauchemardesque : tous les élèves étaient assis, immobiles, le regard fixe (même Paco, au premier rang, reconnaissable à son tee-shirt rose). Seule leur respiration prouvait qu'ils étaient toujours vivants, car elle créait des nuages de vapeur dus au froid.

Joanna le rejoignit.

– Qu'est-ce que t'attends pour te nettoyer? Tu vas quand même pas rester plein de peinture toute la journée!

– Regarde, Joanna…, balbutia-t-il.

– Oui, hé ben quoi?

– Ils ne bougent pas d'un millimètre! Mais *regarde*!

Joanna soupira.

– Elle a sûrement désigné un « surveillant » et toute la classe doit rester calme le temps qu'elle revienne. Allez, va te nettoyer, maintenant!

– Mais… ce froid? Et là, sur le bureau…!

– Quoi, sur le bureau? Je ne vois qu'une plante verte. Bon, Manolo, j'en ai un peu marre de tes histoires.

Manolo prit une bonne inspiration, puis il franchit la porte et traversa la pièce. Aucun élève ne réagit: ils restaient tous assis, le corps raide, les yeux grands ouverts, façon Playmobil. Manolo s'arrêta quelques secondes devant Paco: son cousin était devenu comme les autres. Il avait même du givre dans les cheveux.

– T'es fou! chuchota Joanna. Madame Grette va revenir, t'as pas le droit d'être là!

Il continua à avancer jusqu'au bureau. La plante… Elle était immense, mais plantée dans un tout petit pot (logiquement, elle n'aurait même pas dû tenir debout, sauf que la logique, Manolo avait fait une croix dessus depuis l'arrivée de l'Écrivain). En s'approchant, il sentit une odeur âcre et piquante comme du poivre. Il mit son bras devant son nez et continua à avancer.

– Arrête! reprit Joanna, on va se faire punir!

Une fois à quelques centimètres de la plante, il s'aperçut que ses trois tiges étaient couvertes d'épines, mais aussi de petites pustules violettes dont sortait… une fumée grise (c'était sans doute de là que venait l'odeur). Deux des tiges se terminaient par une longue feuille jaune et rugueuse. Quant à celle du milieu, elle était couronnée d'une grosse boule poilue. On ne pouvait pas faire plus laid (du moins en plante).

Manolo se tourna vers Joanna, et, tout en gardant le bras devant son nez, lui indiqua la chose verte et puante en agitant son pouce par-dessus son épaule.

Tout à coup, deux racines sortirent du pot et la plante se souleva.

– ATTENTION !! cria Joanna.

La plante bondit. Manolo eut à peine le temps de se jeter sous une table pour l'esquiver, tel un ninja. Tandis que la créature verte secouait son horrible bulbe poilu en tous sens, il rampa à travers la classe jusqu'à atteindre la sortie. Quand il se releva, la plante le repéra (ou le sentit, vu qu'on ne pouvait pas savoir si le bulbe était un œil ou un nez) et elle se mit… à courir – oui !! – en se juchant sur ses deux racines. Manolo attrapa une chaise et brandit les quatre pieds vers le monstre, comme dans la cage aux fauves. Cela stoppa la plante quelques secondes. Il jeta la chaise sur elle, sauta tête la première dans le couloir, puis Joanna referma la porte derrière lui. Une vraie scène de cascade ! Quand Manolo se releva, il vit qu'une feuille était restée coincée par la porte et tâtonnait frénétiquement tout autour, *comme une main* !

Joanna et Manolo s'appuyèrent contre le mur d'en face, blancs de trouille.

– Tu... me crois... main... tenant ?

Joanna ouvrit la bouche mais aucun son n'en sortit. Finalement, elle acquiesça. Ouf : elle semblait être revenue sur terre. Manolo, lui, avait posé sa main sur sa poitrine et sentait son cœur battre des records de vitesse. Toutefois, voyant que la feuille ne bougeait plus, il parvint à se calmer (un peu). Il reprit :

– J'avais raison ! Fallait pas aller à l'école aujourd'hui ! C'est beaucoup plus dangereux que le cirque...

Joanna n'avait toujours pas réussi à prononcer un mot.

Soudain, ils entendirent du bruit en provenance de leur classe.

– Je… je crois qu'ils… qu'ils sortent! bafouilla enfin Joanna.

– Vaut mieux pas rester ici! Viens!

Il prit sa main et l'emmena jusqu'à l'autre bout du couloir, où étaient entreposés des cartons vides. Ils les déplacèrent pour s'accroupir derrière, se laissant juste un petit espace devant eux, histoire de voir.

La porte de la classe s'ouvrit et Roland Dale apparut, suivi par Charlotte, Noam, Melvin et tous les autres qui marchaient, le regard vide et les bras tendus (une classe de Playmobil, là aussi, mais somnambules). En passant devant la porte de l'autre salle, Noam abaissa la poignée avec un geste d'automate, et libéra la

plante. Celle-ci se précipita dans le couloir, reniflant, grognant : on aurait dit un chien enragé !

Au bout de quelques secondes, elle abandonna pourtant ses recherches, et avança avec le groupe, surveillant les alentours de son horrible bulbe poilu.

À cet instant, Paco et ses camarades sortirent de la salle des petits et rejoignirent la file, les mains devant eux, inconscients comme les autres. Le cœur de Manolo se serra lorsque son cousin passa devant les cartons. Il aurait tellement voulu le retenir !

Mais impossible : une deuxième plante, tout aussi moche que la première, était sortie de la classe de Madame Gastraud et c'était maintenant *deux* monstres qui surveillaient le groupe !

Bientôt, l'école se vida : tous les élèves avaient rallié l'horrible parade de l'Écrivain et se dirigeaient vers la sortie.

BONUS 1

Planctosaurus abominabilis.

Bulbe......
(Fonction : vue /odorat)

Feuille ----
rugueuse
(Fonction :
toucher)

Racine
......
(fonction : déplacement)

Épine -----
(Sans doute vénéneuse)

tige ....

Pustule dégageant
un gaz piquant

8

La terrible découverte

Seuls dans le couloir, Manolo et Joanna restèrent un bon moment dans leur cachette, choqués par ce qu'ils avaient vu. Puis Manolo donna un grand coup de pied dans les cartons, les envoyant valser : la colère prenait le pas sur sa peur.

– Il faut les suivre, sinon on les perdra ! Ce type va les emmener et ils disparaîtront pour toujours !

– On ne devrait pas prévenir les parents, plutôt ? répondit Joanna, la mâchoire serrée, tant ses muscles étaient tendus par la peur.

— Impossible ! Dans deux minutes, terminé, y aura plus personne ! On ne les retrouvera JAMAIS ! Mon cousin est parmi eux, ne l'oublie pas !

Voyant que Joanna restait assise, il partit. Décidément, il était de plus en plus déçu par cette fille, dont le courage se limitait à lancer quelques vannes et à passer pour une meneuse pour finalement s'écraser quand il fallait agir. Question bravoure, on était loin de la cage aux fauves.

– A... Attends !! Manolo ! Je viens avec toi !

Elle le rattrapa juste devant la cour. Ils regardèrent à travers la vitre du hall : Roland Dale venait d'ouvrir le portail et bientôt, tous allaient le suivre à l'extérieur.

– Bon, commença Manolo. Faut qu'on se calme et qu'on réfléchisse un peu... Je sais : on va faire semblant d'être des Playmobil !

– Des... quoi ?

– Comme eux, je veux dire ! On marche avec les jambes raides, et on se fond dans le groupe !

– T'es givré?! Et si les plantes nous reconnaissent? s'inquiéta Joanna.

– Tu crois vraiment que ces machins tout pourris en sont capables? À mon avis, elles sont juste entraînées à ne pas laisser une proie s'échapper, c'est tout! Qu'on soit dans le rang ou pas, elles ne verront pas la différence.

– Peut-être, mais…

– On y va! Y a pas d'autre solution.

Il traversa le hall comme prévu, bras tendus en avant, jambes raides. Le plus dur était de ne pas cligner des yeux (enfin, le moins possible, soyons sérieux). Joanna l'imita.

À peine étaient-ils arrivés dans la cour qu'une des deux plantes se précipita vers eux. Il fallait voir ces énormes trucs verts courir sur les minuscules racines qui leur servaient de pattes… Quel spectacle! Si l'heure n'avait pas été si grave, Manolo se serait payé une belle tranche de rire.

– N'aie pas peur! chuchota-t-il en bougeant les lèvres le moins possible, continue d'avancer!

L'horrible chose verte s'approcha, leur tourna autour, parut les renifler. Ce n'était pas la plante qui avait sauté sur Manolo dans la classe de Madame Grette: elle était tout aussi moche et puante que l'autre, d'accord, et avait elle aussi trois tiges couvertes de pustules et d'épines, mais ses feuilles n'avaient pas la même couleur ni la même forme; par ailleurs, elle semblait plus petite.

Joanna claquait des dents, mais elle continua à marcher. Manolo n'en menait pas large non plus. Il avait très envie de tousser à cause de l'odeur du poivre, mais il redoubla d'efforts pour s'en empêcher. C'était à vomir!

La plante resta un bon moment près d'eux, puis les poussa brutalement dans le dos et repartit vers le groupe.

– Ouf, souffla Manolo, c'est bien ce que je pensais: tout ce qui intéresse ce chou de Bruxelles géant, c'est qu'on rejoigne le groupe!

71

Ils se collèrent aux autres. Tout devant, certains avaient déjà franchi le portail et avançaient maintenant dans la ruelle qui menait de l'école à la rue principale du village.

— Quelqu'un va forcément nous voir passer et alerter nos parents, dit Joanna.

— Sauf que Roland Dale a l'air d'avoir pensé à ce détail... Regarde! Là-bas, au bout!

La lueur d'espoir qui avait réchauffé Joanna s'éteignit aussitôt: un car bouchait en partie la sortie de la ruelle... Ils seraient tous montés avant que quiconque ne puisse les voir!

Lorsque les premiers arrivèrent à la hauteur de l'engin, Roland Dale ouvrit la porte et s'installa à la place du conducteur, mains sur le volant, tandis que les plantes se postaient de chaque côté pour bloquer le passage vers la rue. C'était drôlement bien organisé, comme kidnapping! Aucune issue: une fois au bout de la ruelle, il fallait monter dans le car (de toute façon, ça n'était pas comme si Charlotte, Paco, Melvin et les autres étaient en état de prendre des décisions).

– C'est pas vrai… les vitres sont teintées, impossible de faire signe à quelqu'un, chuchota Joanna.

– Reste à espérer que Madame Gastraud et Madame Grette soient en état de prévenir la police, elles… J'espère que quelqu'un va les trouver, et vite !

– On aurait dû essayer de les…

– Non, Jo : si on avait pris le temps de libérer les maîtresses, on aurait perdu la trace de Roland Dale. On n'avait pas le choix.

Quand ce fut à leur tour, Manolo laissa passer Joanna devant lui et posa le pied sur la première marche du car. Immédiatement, les plantes le poussèrent à l'intérieur et s'engouffrèrent à sa suite. La porte se referma d'un coup.

– Asseyez-vous, bande de décérébrés! hurla Roland Dale depuis son siège.

Il se retourna et passa en revue chacun des sièges, méthodiquement. Quand son regard se posa sur Manolo, il murmura :

– Bien, je vois que Monsieur Zavatta a fini de jouer les intéressants… La cargaison est donc au complet. On peut y aller!

Il leva les bras au ciel et partit dans un grand éclat de rire. Un rire… démoniaque, effrayant! **_Abominable._** Ses yeux roulèrent dans leurs orbites, de l'écume sortit de sa bouche et sa tête se mit à fumer – on aurait dit un volcan en éruption! Joanna était repassée en mode trouille. Voyant qu'elle tremblait de plus en plus, Manolo prit discrètement sa main, tout en regardant devant lui pour ne rien laisser paraître.

Roland Dale se calma enfin et se rassit. Les Planctosaurus étaient couchés dans l'allée, comme deux toutous obéissants. L'un d'eux se trouvait même juste à côté de Manolo. Il l'observa du coin de l'œil, tandis qu'il restait posé là en poussant des petits grognements. Ces machins étaient vraiment les pires espèces du règne végétal… Est-ce que ça existait en vrai ? Comme plante normale ? On ne pouvait quand même pas vendre ÇA dans les magasins !

Manolo songea soudain qu'il n'avait rien remarqué de tel dans la classe, avant d'être jeté dehors par Madame Gastraud. Sûr qu'il s'en serait souvenu, d'un truc pareil… surtout de l'odeur ! Mais alors, comment est-ce que cette erreur de la nature s'était retrouvée là ? Il continua à scruter la plante et d'un coup, un détail attira son attention : un petit bout de tissu, coincé entre le pot et la terre. Un petit bout de tissu imprimé, avec des pois jaunes sur un fond blanc…!

Manolo serra très fort la main de Joanna – elle poussa un couinement qui fit se relever le bulbe du monstre couché là. Joanna retira sa main.

– T'es fou de me serrer comme ça, tu me fais mal !

– Joanna, je crois que ces trucs verts ont bouffé les maîtresses…

– Mais pourquoi tu dis des horreurs pareilles ?!

– J'en suis même sûr ! Y a un morceau du chemisier de Madame Gastraud, coincé dans le pot !

Joanna se tut. Elle se figea, la bouche ouverte et les yeux écarquillés. On pouvait dire que la situation empirait de minute en minute. Et ça n'était visiblement pas près de s'arrêter : dans un bruit assourdissant, le moteur du car vrombit et les sièges se mirent à trembler.

Peu après, ils quittèrent le village, sans que personne aux alentours ne soupçonne quoi que ce soit.

9

Le tee-shirt de la dernière chance

Dans le car régnait un silence de mort. C'était sans aucun doute le trajet le plus calme de toute l'histoire des sorties scolaires! Joanna et Manolo attendaient, immobiles, d'arriver à destination. Enfants hypnotisés, maîtresses englouties, et puis ce car à la sortie de l'école… Le plan de Roland Dale était parfait! Manolo se triturait le cerveau à imaginer une issue. Que pouvait-il faire, maintenant, coincé avec les autres? Est-ce que Joanna et lui n'auraient pas mieux fait de sauver leur peau et d'alerter la police ?

Abattu, il regarda son cousin, sur sa gauche, deux rangées devant. Pauvre Paco, transformé en zombie ! Paco qui, quelques heures auparavant, le fatiguait à sauter partout ! Et on en était là pour quoi ? Pour un livre !

Comme il sentait les larmes lui monter aux yeux, il tourna la tête vers les vitres teintées pour que Joanna ne le voie pas ; mais à ce moment précis, il aperçut la vieille deux-chevaux décapotable de son père, arrêtée au même stop qu'eux ! Lorsque le car la dépassa (pas trop difficile, étant donné la vitesse de pointe de l'engin), Manolo aperçut Mandy au volant, queue-de-cheval au vent, et Honk, sur le siège arrière. Elle l'emmenait sûrement au lac pour qu'il puisse se dégourdir les nageoires…

Le clignotant de la voiture indiquait qu'elle s'apprêtait à prendre à droite. Elle allait donc bientôt bifurquer : c'était leur dernière chance. Il fallait que Manolo trouve une façon d'entrer en contact avec sa cousine, et vite! Il sortit son couteau de sa poche et découpa un morceau de son tee-shirt.

— Qu'est-ce que tu fabriques? chuchota Joanna.

— Va falloir que tu fasses diversion le temps que j'ouvre la vitre du haut…

— Diversion? Mais?

— Il faudrait que tu… *tombes*! Oui, voilà: tombe dans l'allée centrale, comme si tu avais perdu l'équilibre. Et surtout, fais du bruit pour me couvrir!

— T'es sûr que…

— Fais-le, c'est tout!

Coup de chance, le car s'engagea dans le virage et Joanna en profita aussitôt pour rouler par terre en criant (bien qu'elle n'ait rien compris au plan de Manolo), ce qui déclencha immédiatement la réaction des

Planctosaurus couchés là : ils se précipitèrent vers Joanna en grognant.

– Quoi, encore ?! hurla Roland Dale depuis son volant, les yeux fixant la route.

Manolo savait qu'il ne devait pas perdre pas une minute. Un panneau indiquant « Lac » venait d'apparaître sur la droite, Mandy allait bientôt prendre une autre route ! Il actionna le levier de la petite fenêtre et fit glisser le bout de tee-shirt par l'ouverture : celui-ci s'envola aussitôt, frôlant les vitres jusqu'à disparaître derrière le car.

Il referma la fenêtre juste au moment où une plante repoussait brutalement Joanna sur son siège. Celle-ci se retrouva de nouveau assise, les mains sur les genoux et les yeux parfaitement fixes ; elle faisait si bien semblant que Manolo crut un instant qu'elle avait été réellement envoûtée. Mais elle lui lança un regard en coin qui le rassura.

Au volant, Roland Dale tourna la tête.

– C'est fini, cette fois ?

Les plantes reprirent leur place.

Ils dépassèrent enfin le panneau « Lac ». Est-ce que le bout de tissu était parvenu jusqu'à Mandy ? Est-ce qu'elle avait compris le message ? Comment savoir… ?

Manolo remarqua que Joanna se pinçait les narines d'un air franchement dégoûté ; il faut dire que l'odeur des plantes était de plus en plus écœurante.

– Je crois que je vais vomir…, murmura-t-elle.

Oh, bon sang. Cette fille était un vrai boulet ! Mais pourquoi est-ce qu'il l'avait choisie, elle ?

– Respire par la bouche, répondit Manolo, lassé. C'est comme ça que je fais quand je lance des maquereaux à Honk.

10

Château moisi

Au bout d'une heure, le car s'arrêta devant un vieux portail rouillé. Roland Dale actionna l'ouverture de la porte et siffla entre ses doigts: les deux plantes se précipitèrent dehors et poussèrent la grille.

Dans un grincement lugubre, elle s'ouvrit sur une route terreuse bordée de grands sapins. Les plantes rejoignirent ensuite le car, qui s'engagea lentement sur le chemin. Les arbres étaient si hauts et si touffus qu'on se serait cru en pleine nuit… Et plus le car avançait vers ce qui ressemblait, vu de loin, à un château en ruine, plus les sapins semblaient prendre des formes inquiétantes. Certains se tordaient même au passage du car : on aurait dit qu'ils le suivaient des yeux, qu'ils étaient… vivants !

Ils arrivèrent finalement au château. Ses murs étaient à moitié effondrés, et entièrement couverts d'une mousse épaisse. Comme s'ils avaient moisi dans un frigo en panne.

Quand le moteur du car s'arrêta de tourner, il y eut un grand silence… vite rompu par la charmante voix de Roland Dale :

– *Terminus, les minus !*

Tous les enfants se levèrent d'un seul mouvement. Les plantes s'étaient déjà postées à la sortie, prêtes à rattraper ceux qui s'écarteraient du rang. Manolo et Joanna, avec une seconde de retard, se redressèrent et avancèrent, bras tendus ; puis ils s'arrangèrent pour rester en bout de file. Manolo jeta un œil par-dessus son épaule, espérant apercevoir Mandy et Honk planqués quelque part…

… mais non, rien : ni deux-chevaux, ni cousine, ni otarie. Son morceau de tee-shirt n'était sûrement pas arrivé jusqu'à eux. Ou bien, ils n'avaient pas compris. C'était vraiment pas de bol ! Il fallait regarder les choses en face : sans aide, Joanna et lui n'arriveraient jamais à stopper Roland Dale. Ils étaient perdus dans un château en ruine au milieu de nulle part, pris au piège par un type répugnant avec des super-pouvoirs d'envoûtement, qui donnait les maîtresses d'école en pâture à ses plantes carnivores...

À cet instant, Manolo se retrouva tout près de Paco... et, ce fut plus fort que lui, il ne put s'empêcher de le retenir par le bras.

– Paco! Pssst, Paco, c'est moi!

Il fallait qu'il se réveille! Il le fallait! Mais son cousin, le regard toujours fixe, continuait à essayer d'avancer, patinant comme un robot à piles sur un sol glissant.

– Lâche-le, dit Joanna, on va se faire repérer!

Manolo finit par se résigner, le cœur en miettes, à laisser partir son cousin.

Roland Dale fit entrer tout le monde dans le château. À l'intérieur, il faisait terriblement sombre. Quelques pierres dépassaient des murs; elles ressemblaient à des têtes de monstres.

La voix abominable de l'Écrivain résonna:

– Par ici, mes petits ! Petits… Petits… Petits…
Suivez-moi !

– Si ça continue, il va nous jeter des graines ! s'énerva Manolo à voix basse.

Joanna lui tira la manche.

– Regarde : là, sur le côté, y a un endroit où se planquer !

Ils s'écartèrent du groupe, profitant de la pénombre
pour filer. Les bruits de pas et le grognement des
plantes de garde s'éloignèrent, et bientôt, tout fut
silencieux. Quand il n'y eut plus que le plic-ploc de
l'eau tombant des murs sur le sol, Manolo essuya une
goutte sur son front et chuchota :

– C'est pas un château, ce truc, c'est une grotte !

– Pas vraiment comme ça que j'imaginais la maison d'un écrivain… trembla Joanna.

– Tu crois encore que c'est un écrivain, toi ?

– Ben, c'est l'auteur des *Merveilleuses Aventures d'Émile
Carton*, quand même. Mais évidemment, vu que tu ne lis
pas…

Manolo croisa les bras. Il commençait à en avoir marre de cette fascination pour le livre de Roland Dale.

– Tu sais ce que je crois ? déclara-t-il. Je crois qu'il a rien écrit du tout, et qu'il a volé l'histoire de quelqu'un d'autre, juste pour venir dans une école, nous attirer ici et nous bouffer !

– Mais c'est horrible ! s'horrifia Joanna.

– Ouais, parfaitement : c'est horrible. Faut pas lire, c'est tout. Depuis le temps que je le dis ! Quand je pense que je pourrais être en train d'apprendre des tours à Honk, avec Paco, au lieu d'être coincé ici !

Ils restèrent quelques secondes sans prononcer un mot.

– Ce Honk dont tu parles…, dit finalement Joanna, c'est quoi, comme animal ? Un chat ?

– Laisse tomber, répondit Manolo, à bout de nerfs.

– Qu'est-ce qu'on fait ? On va prévenir la police ?

– « *Bonjour monsieur le commissaire, une espèce d'écrivain a hypnotisé toute notre école et s'apprête à cuisiner quarante*

91

gosses dans son château moisi, vous voulez bien venir jeter un œil ? dit Manolo d'une voix aiguë. *Pardon ? Non il n'est pas seul, il a avec lui des plantes carnivores qui marchent et qui puent. Ah ! J'oubliais ! Elles ont avalé deux maîtresses. »*

– Ça va, j'ai compris, pas la peine de me sortir ton numéro… N'empêche qu'on fait pas le poids ! Comment veux-tu qu'on s'en sorte ?!

– J'en sais rien ! Faut y aller, c'est tout. En tout cas, moi, je laisse pas mon cousin.

Sur ce, il sortit de sa cachette. Joanna le suivit, d'un pas hésitant.

Ils avancèrent prudemment dans la direction où avaient disparu les autres. Leurs yeux s'étaient habitués à l'obscurité et ils y voyaient un peu mieux, mais l'endroit restait lugubre. Il n'y avait rien dans ce château, à part des toiles d'araignées et de vieilles pierres humides couvertes de mousse. Au bout de quelques mètres, ils découvrirent un escalier étroit, qui descendait en tournant. On aurait dit qu'il disparaissait dans un trou noir.

Manolo posa son pied sur la première marche, et soudain...

... quelque chose surgit du bas de l'escalier et saisit sa jambe!

Il tomba par terre en criant. Une tige verte, épaisse, était enroulée autour de sa cheville et commençait à l'entraîner dans l'escalier.

– Joanna! Fais quelque chose!

Joanna regardait son ami, bouche bée, sans bouger d'un millimètre, tétanisée. Manolo sortit un couteau de sa poche et le lui lança pour vite s'agripper à la marche (tout en réalisant que, vu la taille de la lame, elle ne viendrait jamais à bout de cette tige qui lui serrait la jambe). Mais soudain, quelque chose s'abattit sur la plante et la coupa en deux – le monstre glissa dans l'escalier, comme un serpent, laissant une traînée de liquide poisseux derrière lui. Manolo se releva aussitôt et dégagea son pied du bout de liane qui y était encore accroché.

– Qu'est-ce que c'était que…

Il se retourna. Dans la pénombre, il finit par distinguer deux formes : Mandy, avec ses redoutables couteaux de lancer glissés sous sa ceinture, et Honk.

– Mandy ? Mandy, c'est toi ?

Il se précipita jusqu'à sa cousine et lui sauta au cou.

– Waouh, vas-y mollo ! Depuis quand on se fait des câlins, nous deux ?

– Le coup du tee-shirt, ça a marché alors ?! demanda Manolo, surexcité.

– Carrément. Honk est devenu fou quand il a reçu sur la tronche un tissu parfum « Manolo » ! Alors j'ai suivi le car discrètement. Et donc, c'est quoi ce truc vert que j'ai coupé en deux ? On est où, là ? Et elle, c'est qui ?

Elle leur rappela qu'ils étaient dans un château sinistre, peuplé de plantes carnivores assoiffées de sang, que ça n'était certainement ni le lieu ni le moment de se servir une tasse de thé et qu'*elle* leur proposait plutôt de trouver rapidos une planque pour discuter tranquillement.

Honk, qui avait un excellent odorat mais n'interprétait pas toujours très bien le langage humain, se dandina vers Joanna en jappant joyeusement, croyant qu'elle lui avait proposé un poisson. En voyant l'énorme otarie s'avancer, Joanna eut un mouvement de recul.

– Honk, laisse-la tranquille ! intervint Manolo.

– Ah d'accord… Honk, c'est ça…, murmura Joanna.

L'animal s'arrêta net, mais Joanna continua de reculer jusqu'à toucher le mur avec son dos. Un petit clic résonna alors dans la pièce. Tous se turent et restèrent sans bouger, scrutant les alentours, terrorisés à l'idée que Joanna ait pu déclencher un piège.

Contrairement à ce qu'ils craignaient, il n'y eut ni alarme, ni explosion. Tout resta silencieux… puis ils entendirent un bruit étrange, comme un frottement de pierres.

– Là, regardez! lança Mandy.

Devant eux s'ouvrait un passage, en plein milieu du mur. Manolo fit un pas en avant. Dans l'autre pièce, tout était noir. Il passa la tête.

– Le mur a coulissé !

Au moment même où Manolo prononçait cette phrase, un énorme tas de mousse gluante, ressemblant à une algue, se détacha du plafond, tomba sur le sol dans un gros « **splotch** » et se mit à glisser vers eux en grognant. Mandy et Joanna coururent jusqu'à Manolo et, dans l'élan, le bousculèrent : ils se retrouvèrent tous les trois de l'autre côté, avec Honk qui avait sautillé à leur suite.

À peine avaient-ils traversé le passage secret que la porte de pierre se referma, d'un coup.

Mauvaise pente

Là, pas le moindre rayon de lumière. Quelle créature dégoûtante allait s'attaquer à eux, cette fois? Manolo commençait vraiment à se dire qu'ils ne sortiraient pas de cet endroit en un seul morceau.

Il chercha d'une main celle de Mandy et attrapa de l'autre la nageoire de Honk.

– OK. Je propose qu'on se tienne, tous, pour ne pas se perdre.

Mandy tâtonna jusqu'à trouver Joanna, qui dit:

– C'est bon, Mandy, j'ai déjà la main de Manolo.

– Euh mais attends…, intervint-il, c'est pas moi !

Il y eut quelques secondes de silence complet. Puis, Joanna chuchota, la voix tremblante :

– Mais alors… c'est qui, à ma gauche ?…

Elle se retrouva paralysée par la peur, au point de ne plus pouvoir lâcher la main inconnue. Ce qui était sûr, au moins, c'est qu'il s'agissait d'un être humain, et pas d'une plante, ni d'une otarie, ni d'une mousse gluante mangeuse d'homme, puisque Joanna sentait de la peau et des doigts.

– *C'est… C'est moi…,* balbutia une voix dans le noir.

– Charlotte ?! chuchota Joanna.

– Je ne sais pas ce qui s'est passé, je me suis réveillée et j'étais dans cette espèce de… château, en train de descendre des marches, avec les autres qui avançaient en dormant, comme des somnambules !

– Mais comment es-tu arrivée ici, dans cette pièce ?

– Je sais pas trop… Il y a eu comme un déclic dans ma tête, j'ai couru dans les couloirs, j'ai trouvé un autre escalier, ouvert une porte, et… je suis entrée ici. Ensuite j'ai voulu ressortir, mais la porte avait disparu !

– C'était sûrement un passage secret, comme celui par lequel on est arrivés, dit Mandy.

– Mais… où est-ce qu'on est, justement ? demanda Charlotte d'une voix stridente et geignarde. Qu'est-ce qu'on fait là ?! J'exige qu'on me ramène chez moi immédiatement !

S'ils avaient voulu une preuve que c'était bien Charlotte, c'était fait.

Manolo lui fit remarquer que dans leur situation, « exiger » ne servait pas à grand-chose, et il lui résuma la matinée aussi calmement que possible : Roland Dale, l'envoûtement, les maîtresses dévorées, le voyage en car, le château gardé par des plantes carnivores…

– T'as oublié le coup du tee-shirt, remarqua Mandy.

– Ah, oui – au fait, Charlotte, je te présente Mandy, ma cousine, et Honk, mon otarie.

– Ton otarie ?!

L'animal répondit par une sorte de soupir bruyant, qui lui fit vibrer les babines et diffusa dans l'air une écœurante odeur de poisson. Charlotte poussa un cri de dégoût et lança :

– En tout cas, dès qu'on sera sortis d'ici, je vais tout raconter à mon oncle. Maintenant qu'il est maire, je peux vous dire que ça ne va pas se passer comme ça!

Elle lâcha la main de Joanna et commença à tâtonner le mur qui se trouvait derrière elle.

– Reste près de nous, lui conseilla Joanna.

– Je refuse de moisir ici!

– Mais attends, il faut qu'on réfléchisse à un plan, ensemble!

– Vous ne trouverez JAMAiS de solution! Parce que vous êtes NULS!

Elle s'éloigna en grognant:

– C'est bien ma chance, ça. Des romanichels qui savent pas lire, un phoque qui sent la marée basse, et l'autre, là, avec ses parents noirs! C'est qui, le prochain qui va venir nous sauver? Un nain?

– Des *romanichels*?! s'énerva Mandy. Non mais elle se prend pour qui, celle-là?

Manolo lui chuchota de se calmer, et lui expliqua que oui, lui aussi avait très envie de régler son compte à Charlotte – et ce depuis la seconde où il avait mis le pied dans sa classe –, mais que leur objectif était d'abord d'arrêter Roland Dale, de faire sortir tout le monde d'ici, et qu'on verrait le reste plus tard (comme début de vengeance, il envisageait une belle poignée de vers de terre dans son cartable).

– Ah! Voilà! Vous pouvez me dire merci, j'ai trouvé! s'écria Charlotte.

Sa voix semblait lointaine.

– T'as trouvé quoi? s'inquiéta Joanna.

– Hum… On dirait… C'est un truc qui… tourne. Attendez, je…

Elle avait attrapé ce qui semblait être une barre métallique, plantée au milieu d'un cercle creusé dans le mur.

– C'est comme une poignée… Ça doit ouvrir une porte. Je vais essayer de…

Ils l'entendirent s'escrimer sur la poignée pour tenter de la faire bouger.

– Zut et crotte, c'est coincé, j'arrive pas à…

– *Zut et crotte*? Elle a cinq ans ou quoi? chuchota Mandy.

– Écoute, répondit Manolo, va falloir supporter ça jusqu'à ce qu'on sorte de ce château, alors si tu pouvais éviter de répéter tout ce qu'elle dit…

– Bon, je viens t'aider! annonça Mandy. On est peut-être des *romanichels*, mais on en a dans les bras, nous.

Les mains en avant, elle se dirigeait vers la voix de Charlotte, lorsqu'un grincement métallique se fit entendre.

– Ça y est! Ça tourne!

Et aussitôt, le sol se mit à bouger, comme s'il flottait, puis… à basculer. Tous les quatre hurlèrent de surprise (y compris Honk, mais dans son langage à lui). Tandis que Charlotte et Mandy parvinrent à rester debout, Joanna roula sur Manolo.

– Ça penche de ce côté! cria-t-il. C'est Honk! Parce que c'est lui le plus lourd!

– C'est comme dans ce film… celui où ils se retrouvent en équilibre sur un carré de pierre posé sur un mât! remarqua Joanna. Faut répartir le poids!

– OK: Mandy et Charlotte, déplacez-vous ensemble en face de moi! À vous deux, vous faites à peu près le poids d'une otarie… je crois. On va tous se mettre dans un coin! Jo, essaie de ramper à gauche, moi je vais de l'autre côté!

Les pierres du mur commençaient à se déchausser et à tomber, une à une. Au début, elles atterrissaient sur le sol de la pièce, mais bientôt le bruit de leur chute devint un écho de plus en plus lointain, comme si elles parcouraient une grande distance avant d'atteindre la terre…

– Le mur! hurla Charlotte. Il s'éloigne! On va se retrouver dans le vide!

Manolo plaça les mains sous le pied de Joanna, qui était à plat ventre devant lui, et poussa dessus de toutes ses forces.

– Allez, Jo, rampe !!

Joanna s'agrippa au sol comme elle put et se hissa jusqu'au coin gauche de ce qui était devenu un plateau instable, posé sur une pointe. Comme elle n'y voyait rien dans le noir, elle devait avancer lentement pour s'assurer qu'elle n'allait pas basculer dans le vide. Manolo rampa à son tour, laissant Honk dans son coin (lui se débrouillait très bien, parce qu'il adhérait au sol, tant il était lourd et mou). Bientôt, tout le monde fut à sa place et le sol ne bougea plus.

Personne n'osait dire le moindre mot, de peur de rompre l'équilibre ou de déclencher un nouveau piège. On entendait juste des battements de cœur et le rythme des gouttes d'eau qui tombaient du plafond, et atterrissaient après de longues secondes.

Mais bientôt, un bruit mécanique déchira le silence :
on aurait dit une grande machine rouillée pleine d'en-
grenages qui se mettait en route. Le sol recommença
à bouger, et à pencher, sauf que cette fois, chaque coin
de la pièce se soulevait : le plateau prenait la forme
d'un entonnoir. Joanna poussa un cri : elle commençait à glisser vers le centre !

Alors qu'elle essayait tant bien que mal de s'agripper à une pierre, les autres lâchèrent prise en même temps. Ils dévalèrent la pente en hurlant et se retrouvèrent tous les quatre en tas au milieu.

Manolo se mit à rire nerveusement. Charlotte, elle, vociféra :

– Mais pousse ton pied de ma tête, tu vas abîmer ma barrette ! Y a vraiment pas de quoi rire !

– Non mais… c'est juste que… c'est nerveux… je pensais qu'on allait tous mourir, qu'il y aurait une bête juste en dessous, bouche ouverte, prête à nous gober… et en fait, non.

– Ouais, ben si une espèce de gélatine verte nous tombe dessus et nous bouffe tout crus, dit Joanna, tu riras moins !

– Jo a raison, on n'est pas encore sortis d'affaire. Cet entonnoir, il n'a pas été conçu pour rien, si tu veux mon avis.

Mandy ne pensait pas si bien dire: tout se déclencha lorsque Honk, entraîné par la pente, tomba à son tour, et vint les écraser de tout son poids d'otariidé. Aussitôt, une trappe s'ouvrit en dessous d'eux, et les précipita dans le vide!

Alors qu'il chutait, Manolo ne pensait qu'à une seule chose: à Paco, qui resterait prisonnier de Roland Dale pour toujours.

12

L'embarras du choix

En fin de compte, la chute fut courte. Honk atterrit le premier sur ce qui ressemblait à un toboggan géant, suivi de près par Mandy, Manolo, Charlotte, puis Joanna, qui avait tourneboulé et glissait tête la première, sur le dos.

Des torches fixées au mur éclairaient les ténèbres. Tout en glissant, Manolo plaqua ses mains et ses pieds à plat contre le métal pour freiner sa descente et mieux observer l'endroit où ils se trouvaient: le toboggan semblait suspendu dans le vide par de longues tiges cuivrées qui descendaient du plafond.

– Faites gaffe à ne pas passer par-dessus bord, on est super haut!

Tandis que Manolo faisait part de ses observations aux autres, Charlotte arriva sur lui à pleine vitesse. Le choc la fit rouler et ils se retrouvèrent dans les bras l'un de l'autre – et la vitesse était telle qu'il leur était impossible de se dépêtrer l'un de l'autre.

– Hiii! C'est répugnant!! Je vais le diiire!

– Ouais, c'est ça, hurla Manolo, dis-le à ton oncle! Maintenant qu'il est maire, il va pouvoir nous marier!...

Un virage serré faillit les projeter hors du toboggan: Manolo dut se serrer encore plus contre Charlotte. Un peu plus loin, profitant d'une ligne droite, il la poussa en avant et s'en libéra enfin.

Leur course s'acheva brutalement: ils tombèrent les uns après les autres sur le sol...

… d'une étrange salle. C'était une pièce entièrement couverte de portes. Des portes de formes et de tailles différentes, posées sur tous les murs et dans tous les sens. Il y en avait en bois, d'autres en métal, des hautes, des larges, des minuscules. Même le plafond en était tapissé! Derrière chacune d'elles semblaient se trouver de puissantes sources de lumière, dont les rayons filtraient sous les rainures et éclairaient la pièce.

– Je suppose que c'est là qu'on trouve des biscuits « Mangez-moi »…

– De quoi tu parles, Jo?

– Elle parle d'*Alice au pays des merveilles*, inculte! lança Charlotte tout en raccrochant sa barrette à paillettes.

– Ah, le film!

– C'est d'abord un livre, j'te ferais dire.

– Bon, les enfants, la récré est finie? s'impatienta Mandy. Faudrait passer aux choses sérieuses.

– En tout cas… toutes ces portes, c'est vrai que ça fait penser à *Alice au pays des merveilles*… et d'ailleurs… *merveilles* comme… *Les merveilleuses aventures*…, murmura Joanna.

Soudain, Charlotte sortit un livre de sous l'élastique de sa jupe.

– T'as raison, Joanna! Il y a un lien entre cet endroit et le livre… Souviens-toi, le moment où Émile Carton est dans le noir! Où il croit devenir fou!

– Attends… T'as le livre de Roland Dale avec toi?!

Charlotte leva les sourcils et fixa Joanna comme si sa remarque était ridicule. Apparemment, pour elle, coincer un livre dans son slip afin de l'avoir toujours avec soi était quelque chose d'habituel.

Elle tourna les pages et s'arrêta sur un chapitre.

– Voilà, c'est là ! dit-elle. *Tout était noir... Émile ne voyait même plus ses mains devant lui...* Comme dans la pièce d'où on vient !

Manolo, intrigué, s'était placé derrière son épaule pour lire. Il pointa un passage du doigt et cria :

– Lis ça ! ... *se sentit glisser sur la mauvaise pente !*

– Ça ne peut pas être un hasard ! ajouta Joanna. Ce chapitre, dans le livre... c'est la même chose que cette pièce pour le château !

Charlotte tourna les pages à nouveau.

– En plus, je crois que cette phrase revient dans un *autre* chapitre... Oui, sûrement le moment où Émile se retrouve sur des skis...

– Cette fille est folle, lança Manolo, elle connaît le bouquin par cœur !

Mandy s'approcha à son tour.

– Tu veux dire que chaque chapitre du livre est une des pièces du château? Que ce bouquin est comme… une carte?!

Manolo se sentit blêmir. C'était pire que tout ce qu'il avait pu imaginer: la réussite de leur mission, et même, leur vie, dépendaient d'un livre?!

– Oui, c'est ça! lança Charlotte, montrant une autre ligne du doigt. Là, encore, *glisser sur la mauvaise pente!!*

– Ça veut dire qu'en plus, ces deux chapitres sont liés l'un à l'autre, remarqua Joanna, les yeux toujours rivés sur le texte. Liés par… une expression, comme si c'était une sorte de…

– De toboggan! s'exclama Charlotte. L'expression relie les deux chapitres de la même manière que le toboggan relie les deux pièces! *Glisser sur la mauvaise pente*, c'est le passage entre ces deux chapitres, et aussi le toboggan qui nous a fait passer de la pièce précédente à ici! C'est génial!

Manolo lui lança un regard noir.

– Génial ?! Je te rappelle que c'est l'œuvre d'un type qui a enlevé toute une école et assassiné deux maîtresses. Bon, et dans l'autre chapitre, celui du ski… il se passe quoi, ensuite ?

– Émile doit faire un choix.

– Tout comme nous devons choisir entre toutes ces portes, conclut Charlotte. C-Q-F-D.

– « Ce Qu'il Fallait Démontrer », chuchota Joanna en notant l'air surpris de Manolo.

Pendant qu'ils décortiquaient le livre, Mandy se dirigea vers une large porte en bois entourée de lumière. Elle posa sa main sur la poignée ; celle-ci s'abaissa sans résistance et la porte s'ouvrit. Bizarrement, de l'autre côté, tout s'était soudain assombri. Elle la referma : la lumière réapparut sous la porte. Elle ouvrit à nouveau et la lumière s'éteignit. Comme un frigo fonctionnant à l'envers. Mandy haussa les épaules. Après tout, elle n'était plus à une bizarrerie près.

– Hé! Pas la peine de vous prendre la tête avec le bouquin et vos histoires d'expressions : c'est ouvert, par ici ! cria-t-elle.

Les autres, plongés dans leur lecture, ne répondirent pas. Mandy s'avança dans le long couloir. D'abord d'un pas ; puis, voyant qu'il n'y avait pas de danger, elle continua. Un peu plus loin, elle aperçut des taches lumineuses… de minuscules étoiles qui scintillaient. Certaines d'entre elles formaient même de véritables galaxies tournoyantes ! Mandy avança encore. Elle ne pensait plus au danger, ni aux autres, seulement à la beauté de ce qui se trouvait là.

Le sol disparut brusquement : elle flottait en l'air, à présent, comme en apesanteur. Elle se sentait si bien, légère, nageant au milieu des étoiles, dans un silence parfait… D'ailleurs, elle ne savait plus très bien où elle était ni ce qui l'avait amenée ici. Mais elle s'en moquait. Elle frôla une galaxie du doigt et un peu de poudre dorée s'envola dans la nuit.

Quelques secondes plus tard, Mandy avait oublié son prénom, et, même, qu'elle avait un corps. Ça n'avait plus aucune importance.

En vérité, rien n'avait plus la moindre impor...

Quelque chose l'attrapa.

– Mandy !! *Réveille-toi !*

Elle connaissait cette voix... qui résonnait en elle comme un très lointain souvenir...

– Mandy ! Allez, viens ! Qu'est-ce qui t'arrive ?!

Son corps se mit à peser plus lourd. Elle vit sa peau mate, son bras, et, tout au bout, un garçon.

– Qu'est-ce que… tu… veux ?

Le garçon la tira vers lui et la secoua.

– Manolo ?

– Faut pas rester ici !

Mandy écoutait son cousin, mais sans le comprendre. Elle se sentait incroyablement fatiguée.

– Laisse-moi tranquille… Je suis bien… J'oublie tout.

– Mais justement ! C'est un envoûtement ! Un piège de Roland Dale ! C'est écrit dans le bouquin !

Comme elle n'avait pas l'air très convaincue, Manolo se plaça derrière elle et la poussa franchement. Elle n'essaya pas de lutter, ce qui était une bonne nouvelle parce que, grande et musclée comme elle était, il n'aurait eu aucune chance de gagner. Quand ils arrivèrent dans la pièce, Joanna s'écarta. Manolo referma la porte d'un coup sec et Mandy s'effondra par terre, à bout de forces.

– Ça va, Mandy ?! s'inquiéta Joanna.

– Je crois… Oui… Je ne sais pas très bien…

– C'était moins une, expliqua Manolo. Elle ne me reconnaissait même plus !

– C'était comme si j'oubliais peu à peu toute ma vie, murmura Mandy.

13

Un petit cochon pendu au plafond

Le livre en main, Charlotte s'écria :

– C'est bien ça ! C'est ce chapitre, pas de doute ! La pente, le choix, et regardez : il y a même l'oubli ! Ces indices nous indiquent le chemin…

Joanna la rejoignit.

– Alors il faut repérer le lien avec le prochain chapitre, qui nous amènera à la prochaine salle ! Jusqu'à retrouver les autres !

– Oui… je tiens peut-être quelque chose. Tu sais, dans ce chapitre, Émile chante *Un petit cochon pendu au plafond*, parce qu'il ne sait pas quoi choisir ?… Hé bien, cette histoire de cochon, je suis sûre que ça revient autre part, dans le livre…

– Oui ! Je sais ! cria Joanna. Le cochon en plastique attaché à un fil de pêche : le jouet qui vole quand on le remonte ! Dans la chambre du voisin ! Je n'avais jamais fait le rapprochement avec la chanson…

– J'y suis ! ajouta Charlotte, tournant les pages à toute vitesse. Voilà : c'est le chapitre… avec les bestioles répugnantes.

– Il n'y a plus qu'à trouver l'indice qui nous fera sortir de cette pièce… quelque chose qui ait à voir avec *le cochon pendu au plafond* !

Manolo arriva près d'elles.

– Par contre, ça fait pas trop envie, le coup des trucs répugnants.

Il leva les yeux pour scruter le plafond. Celui-ci était couvert de portes, comme les murs. Certaines portaient des numéros, d'autres semblaient décorées, mais il en était trop éloigné pour voir quoi que ce soit.

Il appela Honk, qui arriva aussitôt en sautillant.

– Faut que tu me portes, mon gros !

Honk poussa un rugissement de joie.

– On va faire comme si j'étais un ballon, d'accord ?
Enfin… Tu ne me fais pas tourner, hein ?

Il retira ses chaussures et grimpa prudemment sur
l'otarie.

– Manolo… tu crois vraiment que c'est le moment pour un numéro ? dit Mandy d'une voix encore hagarde.

Sans réagir, Manolo cria :

– Hop ! Hop !

Et Honk se redressa de tout son long.

– Je crois que… OUI, je vois quelque chose !

Il se dressa sur la pointe des pieds.

– Il y a un cochon gravé sur cette porte !! Je vais essayer de…

Il tendit le bras et parvint à toucher la gravure ; un « **clic** » métallique résonna, puis une corde jaillit comme par miracle de la bouche du cochon et se déroula devant ses yeux.

– Ça y est ! On a trouvé ! hurla Joanna, la tête toujours plongée dans le livre.

– Tu veux dire que *j'ai* trouvé ! protesta Manolo.

– Non, je veux dire : je crois qu'on a retracé le chemin complet pour arriver jusqu'aux autres ! C'est incroyable, ce bouquin est une carte du château… Dire que je l'ai lu trois fois, comme une histoire normale, sans rien remarquer !

– Trois fois encore, c'est rien, fit remarquer Charlotte d'un ton supérieur.

Manolo sauta à terre. Il s'approcha de Joanna.

– Bon, en attendant, *le cochon pendu au plafond*, je pense que ça a un rapport avec ça, dit-il en montrant la corde.

– Alors là, ne comptez pas sur moi pour grimper à ce truc, prévint Charlotte. J'ai le syndrome méta-carpien-supérieur des mains molles. C'est pour ça que je suis dispensée de gymnastique le jeudi.

– Je vais vous montrer, y a rien de plus facile !

Mandy, comme surgie de nulle part, attrapa la corde et commença à se balancer.

Elle enroula ses pieds en bas du câble, attrapa le haut avec ses mains, tira sur ses bras et se hissa jusqu'au plafond en trois secondes.

– Tu oublies juste un détail, intervint Manolo… Même si on y arrive – malgré le syndrome de la molle des doigts supérieurs… Honk, lui, il n'a pas de pieds. Et ça, c'est pas une maladie, c'est juste la nature. Tu peux me dire comment il va nous suivre ?

Sa cousine ne l'écoutait pas. Accrochée tout en haut, elle avait posé une main sur le cochon gravé et cherchait à le faire tourner d'un coup de poignet. Tout à coup, la gravure se détacha légèrement de la porte ; Mandy tira dessus et la porte s'ouvrit, la projetant sur le côté, sans qu'elle ne lâche la corde. Un escalier en bois glissa jusqu'au sol, manquant d'assommer Honk qui l'esquiva de justesse.

– Hé bien voilà ! Plus besoin de jouer au singe ! déclara Charlotte en se frottant les mains. Y a plus qu'à monter les marches.

Manolo s'élança le premier dans l'escalier, suivi de près par son otarie. Joanna, qui passait la dernière, cria :

– Attention, les amis ! Dans la prochaine salle, faut s'attendre à croiser quelques bêbêtes, en plus de Honk !

Manolo s'arrêta. D'abord parce que l'avertissement de Joanna lui donnait moins envie d'avancer, mais aussi parce qu'il venait de se rendre compte de quelque chose.

– Au fait… Roland Dale a peut-être mis des pièges dans son histoire ! Si ça se trouve, les fameux « indices » qui mènent d'une pièce à l'autre nous conduisent droit vers la mort !

– C'est pas faux, répondit Joanna… mais t'as une meilleure idée, toi ?

Manolo devait l'avouer : il n'avait rien à proposer. Pas le moindre petit début de suggestion. Et il savait bien que, comme disait son père, « Il n'y a rien de plus énervant que celui qui ramène sa fraise sans savoir où elle a poussé ». Aussi se contenta-t-il d'avancer.

14

Question de vocabulaire

Une fois en haut de l'escalier, ils se retrouvèrent dans un couloir si étroit qu'ils durent marcher l'un derrière l'autre. Ils s'enfonçaient de plus en plus dans l'obscurité, et bientôt, ils furent dans le noir complet.

C'est alors qu'un bruissement se fit entendre au-dessus de leurs têtes… On aurait dit le vent soufflant dans les arbres. Au même instant, Charlotte se mit à hurler et à gigoter dans tous les sens.

– *AAAH !!*

– Qu'est-ce qui t'arrive?! demanda Mandy, juste devant elle.

– *AAAAAAAAH !* Enlevez-moi ce truc de *LÀÀÀ !*

– Mais quel truc? Qu'est-ce que tu…

Ils ne mirent pas longtemps à comprendre pourquoi Charlotte s'agitait. Alors qu'elle se débattait avec ce qui s'était pris dans ses cheveux, des dizaines de créatures volantes frôlèrent leurs têtes.

– Des chauves-souris!! cria Joanna.

– Les voilà, les « cochons pendus »! cria Manolo. Sauf que là, ils ne sont plus attachés à du fil de pêche!

– Courez!!

Ils se précipitèrent vers le bout du couloir – ce qui, l'un derrière l'autre, était loin d'être évident! Sans compter Honk qui avait du mal à circuler dans un espace aussi petit… Après avoir chuté plusieurs fois, couverts de chauve-souris, ils atteignirent un rideau de mousse. Manolo fonça et, d'un saut, traversa l'épaisse couche verte en se protégeant la tête de ses

bras. Bizarrement, aucune chauve-souris ne sortit du couloir avec lui. Et quand Charlotte franchit le seuil à son tour, elle n'avait plus rien dans les cheveux. Les créatures volantes avaient soudainement disparu, comme si elles n'avaient jamais existé.

Manolo regarda autour de lui. Une… jungle ? Ils se trouvaient au beau milieu d'une jungle ! Des lianes tombaient du plafond, le sol était couvert d'herbe, de feuilles et de mousse, et de hautes fougères leur cha-touillaient les épaules. Des singes étaient assis sur des branches, les regardant avec perplexité.

– Wahou… Incroyable…

Charlotte, les cheveux en bataille, ouvrit son livre en tremblant.

– Bon, reprenons. Ici, l'indice, c'est…

Mais elle se tut brusquement et lâcha le livre comme s'il était en feu.

– Qu'est-ce qui se passe, encore ? s'énerva Mandy.

– Une… une a… une arai…, balbutia Charlotte.

Mandy ramassa le livre qui s'était perdu au milieu des herbes hautes.

– Une a… *une araignée !!!* reprit Charlotte, montrant cette fois Mandy du doigt.

Une énorme mygale était posée sur son bras, et avançait, lentement, soulevant patte après patte. Mandy ne s'affola pas ; elle garda le bras immobile, tendu en avant et sortit un couteau de sa ceinture, d'une main.

– Mandy, murmura Manolo, je crois que tu devrais plutôt éviter de…

Il n'eut pas le temps de terminer sa phrase: d'un bond fulgurant, Honk attrapa l'araignée entre ses dents et la broya comme un bon maquereau bien juteux. Tous soupirèrent de soulagement.

– Les amis, il ne faut pas traîner ici! reprit Manolo, les yeux rivés sur Honk qui mâchouillait son araignée.

Joanna prit le livre des mains de Mandy.

– OK, alors… l'indice… Ah oui, j'y suis, c'est: « *je crois que ça mord* »! La phrase revient deux fois, c'est bien ça.

– De mieux en mieux…, soupira Manolo.

Ils décidèrent d'explorer chacun un mur de la pièce, à la recherche d'une porte ou de n'importe quelle piste pouvant les mener jusqu'à la prochaine salle. Ils découvrirent rapidement que, sur chacun des murs, des pierres étaient sculptées en forme d'animaux.

– Bon, facile, déclara Manolo: l'animal qui mord, entre le moustique, l'araignée, le canard et le crabe, c'est…

Un énorme bruit l'interrompit.

– Là ! Attention ! hurla Joanna.

Manolo eut à peine le temps de s'accroupir qu'une cage en métal tomba sur lui, le faisant prisonnier. Elle était si basse qu'il ne pouvait y tenir qu'à genoux. Mandy et Joanna se précipitèrent vers lui et poussèrent de toutes leurs forces sur les barreaux. Rien à faire : la cage était trop lourde.

Charlotte, dans un coin de la pièce, bafouilla :

– C'est sans doute de ma… de ma faute.

– Qu'est-ce que t'as fait ? cria Manolo.

– J'ai appuyé sur la pierre en forme de canard.

– Mais c'est pas vrai ! Ça te sert à quoi de lire tous ces livres ?! Tu sais pas qu'un canard, ça pince ?!

– Ouais, c'est l'araignée qui mord, soupira Joanna.

Charlotte croisa les bras, l'air boudeur.

– Oh ça va, j'y connais rien en animaux.

Ils restèrent muets un moment, découragés par cette nouvelle épreuve qui venait de leur tomber dessus.

Manolo fulminait. Quelle débile, cette Charlotte! S'ils arrivaient à sortir de là, c'est lui qui irait se plaindre au maire! Il ruminait en regardant ses pieds…

… lorsqu'il vit une tige sortir du sol et s'enrouler autour de sa chaussette.

– Hé! Problème! Y a un truc qui grimpe, là!

– Encore une araignée? demanda Mandy.

– Non! Ça s'enroule autour de ma jambe! *AAAAAAH* !

La tige montait à toute vitesse: elle avait déjà atteint son genou. Bientôt, une deuxième plante s'enroula autour de son autre jambe.

– Regardez, lança Joanna, ça fait bouger la cage!

La plante débordait de partout. Manolo était à moitié étouffé entre les barreaux et les tiges vertes qui s'enroulaient autour de lui.

– Faut le sortir de là!

Poussée par le monstre vert qui semblait vouloir dévorer Manolo, la cage se décollait de l'herbe. Encore un peu… Encore un peu… **BIM** ! Elle retomba au milieu des lianes et des fougères. Libérée, la plante continua à pousser à toute vitesse, soulevant Manolo à un mètre du sol. Mandy sortit deux couteaux de sa ceinture.

– OK, les jeunes, poussez-vous ! Manolo, ne bouge surtout pas !

– Tu crois mfvaiment que j'aimffff le fffoix ?! baragouina Manolo, le visage enturbanné dans une tige.

Mandy brandit les couteaux au-dessus de sa tête. Elle leva la tête, plissa les yeux, posa ses pieds bien à plat, jambes légèrement écartées, et lança la première lame. Joanna, par réflexe, détourna le regard. Si Manolo devait mourir transpercé par des couteaux, elle préférait ne pas voir ça !

Contrairement aux craintes de Joanna, le couteau trancha net une des tiges, libérant immédiatement la jambe et le bras gauche de Manolo. Il n'avait pas la moindre coupure ! Il se retrouva suspendu par le bras droit.

Charlotte, qui les avait rejoints, ne put s'empêcher d'applaudir.

– Tu te crois au cirque ou quoi?! hurla Manolo.

– Ben...

Mandy ne se laissa pas déconcentrer. Elle prit le deuxième couteau dans sa main droite, et le lança sans attendre. Cette fois, la lame libéra complètement Manolo, qui tomba à terre et hurla aussitôt :

– Appuyez sur la pierre avec l'araignée! Vite! On se tire!

Joanna se précipita vers la pierre sculptée. À peine l'avait-elle enfoncée que le mur *s'effondra*, d'un seul coup! À une dizaine de mètres devant elle, au fond d'un long couloir, se trouvait une porte vitrée d'où provenait un peu de lumière...

... à ceci près qu'elle était reliée à eux uniquement par une liane tendue au-dessus du vide.

Les autres arrivèrent à sa hauteur.

– Alors là, je crois qu'on est bons pour un exercice de funambulisme, déclara Mandy, et y aura de dispense pour personne.

BONUS 2

« Glisser sur
la mauvaise
pente

Salle
sans
lumière

toboggan

Salle
des portes

« Faire un
choix... »

« Emile ne voyait
même plus ses mains
devant lui... »

« Un petit
cochon pendu
au plafond... »

⊗ = Déclenche l'ouverture
du passage secret.

Carte des indices

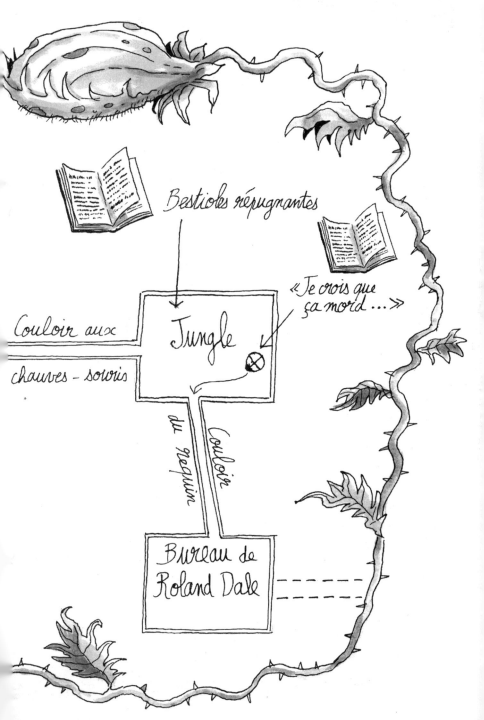

15
Numéro d'équilibriste

Charlotte sentit ses yeux s'embuer de peur, mais elle avait tellement honte d'avoir fait tomber la cage sur Manolo qu'elle n'osa pas se plaindre.

– Mandy, passe devant, dit Manolo, je ferme la marche.

– Je suis la pro de l'accrobranche, déclara Joanna, alors aucun problème !

Charlotte avait les jambes qui commençaient à trembler.

– Y a quoi, en bas ?…

Joanna se pencha.

– C'est pas si profond, en fait. Y a de l'eau… Bizarre…

– C'est louche, même. Moi je dis qu'on marche sur la liane, décida Mandy. Tu sais nager, Charlotte ?

– Euh, oui.

– Donc tu vois : au pire, si tu tombes, ça devrait bien se passer. Enfin, si c'est bien de l'eau, et pas de l'acide ou un truc empoisonné. Allez, vaut mieux y aller avant qu'on ait une nouvelle surprise !

Mandy posa délicatement un pied, puis l'autre, sur la liane. Elle écarta les bras, et s'avança, gracieuse. Charlotte déglutit. Le coup de l'acide n'était pas vraiment fait pour la rassurer. Essayant de rassembler son courage, elle dit :

– Et Honk ? Il va faire comment ?

– Oh, lui, il a l'habitude. Marcher sur une corde, ça fait partie des numéros qu'il a appris ! répondit Manolo en tapotant la tête de son otarie.

Charlotte fit la moue. Elle était donc *vraiment* la seule à être morte de peur à l'idée de jouer au funambule…

Mandy arriva au bout de la liane et leur fit signe. Joanna entra en piste, sans hésitation. Quelques secondes plus tard, elle avait rejoint la porte à son tour.

– Vas-y, Charlotte. Honk et moi, on passe en dernier.

À tout hasard, elle lança une fougère dans l'eau et attendit : rien ne se passa. La plante ne fut ni désintégrée,

ni foudroyée, ni dévorée, elle se contenta de flotter tranquillement. Un peu rassurée, Charlotte s'engagea sur la liane, les bras à l'horizontale, comme Mandy et Joanna. Ça n'était pas si difficile, finalement! Surtout qu'elle avait quand même fait deux ans de danse classique! Elle avança de trois pas... mais au quatrième, son pied dérapa sur la tige et elle perdit l'équilibre. Ses grands mouvements de bras n'y firent rien: elle se retrouva dans l'eau.

Quand elle émergea, Joanna cria :

– Ça va ? Tout va bien ?

– Je crois que… oui ! répondit Charlotte, presque amusée. En fait, c'est juste de l'eau salée !

Ce détail intrigua Manolo. Pourquoi est-ce que Roland Dale avait rempli cette fosse d'eau salée ? Tandis qu'il essayait de comprendre, Charlotte se mit à nager vers Joanna et Mandy.

Manolo sentait un danger. Tout à l'heure, l'indice avait un lien avec le couloir aux chauves-souris ; alors cette fois, si l'indice était bien « je crois que ça mord », qu'est-ce que ça pouvait…

Avant de mettre le doigt sur ce qui le tracassait, il l'aperçut.

L'aileron.

Il dépassait de la surface, et fonçait derrière Charlotte !

– Oh non !! *C'est un requin !!* cria Manolo.

– Hein ? Quoi ? s'essouffla la nageuse, déboussolée.

Comme Mandy et Joanna s'étaient elles aussi mises

à hurler, Charlotte paniqua. Elle remua les bras dans tous les sens et n'avança plus. Manolo poussa Honk vers le bord.

– Fonce, Honk !

L'otarie plongea dans l'eau, droit sur le requin. Elle fila à toute vitesse et le frappa de plein fouet du bout de son museau. La tête du squale émergea alors, découvrant toutes ses rangées de dents. Il flotta un moment, assommé, ventre en l'air. C'était terrifiant.

– Charlotte, reste pas là ! cria Manolo.

Elle reprit la nage, jusqu'à atteindre le bout de la fosse. Là, Mandy et Joanna la hissèrent sur le bord.

Enfin, Manolo marcha sur la liane et rejoignit les trois autres. Puis, doigts dans la bouche, il siffla. Honk donna un grand coup de nageoire et surgit hors de l'eau, éclaboussant tout le monde au passage.

Le requin, lui, était déjà reparti dans les profondeurs.

16

ça tourne!

Ce qu'ils virent ensuite à travers le hublot de la porte était encore plus moche que la tête du squale : *Roland Dale*, en personne, avec ses cheveux gras et ses sourcils en barre ! Il buvait, assis, un étrange élixir bleu fluo. Il en avait plein le menton – ça coulait jusque sur son ventre. C'était une substance visqueuse, comme ce liquide, dans les boules à neige.

Le flacon était gigantesque. De temps en temps, Roland Dale le reposait sur une petite table, s'essuyait avec

le revers de sa main (ce qui étalait le liquide sur ses joues, et du coup c'était pire); et aussitôt, il se mettait à écrire à son pupitre, frénétiquement, des lignes et des lignes, sans s'arrêter. De derrière la porte, on pouvait l'entendre grogner de joie et pousser des petits cris nerveux. Manolo fit la grimace: c'était l'être le plus repoussant qu'il ait jamais vu. Tous les quatre se regardèrent, dégoûtés.

Brusquement, le soi-disant auteur referma le cahier dans lequel il écrivait et se leva.

– Baissez-vous! chuchota Mandy.

Ils attendirent un moment accroupis, priant pour que l'Écrivain Abominable ne se dirige pas de leur côté. Manolo finit par se relever lentement et jeta un œil.

– Y a plus personne!

– T'es sûr? demanda Joanna.

– Il a laissé une porte ouverte, de l'autre côté. À mon avis, il est parti par là. C'est bon, je pense qu'on peut y aller.

Manolo abaissa doucement la poignée…

… qui s'ouvrit, pour une fois, sur une pièce d'apparence normale. C'était une sorte de bureau en désordre avec, au centre, une table et une chaise. Des boulettes de papier parsemaient le sol; sur les étagères étaient alignés des flacons remplis du « liquide mystère ». Enfin, les murs étaient couverts de photos, de feuilles à carreaux épinglées et de phrases griffonnées en rouge, comme : « Tu ne fais aucun effort d'imagination! », ou « Je t'ai demandé d'inventer une histoire, pas de raconter ta vie! 2/20 ».

Joanna s'approcha de la table et ouvrit le cahier de Roland Dale.

– Zut. C'est illisible !

– Fais voir ? dit Charlotte. Attends… on dirait qu'il a écrit « Émile », là, regarde.

– Tu crois que c'est une nouvelle aventure d'Émile Carton ?

– Sûrement…

– Hé ! Regardez ça ! chuchota Manolo.

Il leur indiquait une photo sur le mur. Les trois filles s'approchèrent, tandis que Honk léchait le sol, sans doute à la recherche d'une petite friandise.

– C'est Roland Dale, enfant !

– On reconnaît bien sa sale tête de cafard, murmura Joanna.

Mandy plissa les yeux, comme lorsqu'elle devait lancer un couteau.

– Et ça ? C'est quoi, tout autour de lui ?

– Des plantes carnivores ! répondit Charlotte.

– Je rêve ou elles portent un collier avec un nom, comme des chiens ? Et regardez ce qu'il tient dans sa main…

– Une souris !! s'exclama Joanna. Il donne des souris vivantes à ses plantes carnivores !

– En fait, ce type est fou depuis tout petit…, déclara Manolo.

Ils continuèrent à explorer les lieux. Tout, dans cette pièce, transpirait la haine. Une haine particulièrement tournée vers l'école : sur une photo de classe, le visage du maître était constellé de trous, comme percés rageusement à la pointe d'un compas, alors que ceux des autres enfants étaient barrés d'une croix rouge ; des rédactions notées entre 1 et 3 sur 20, sur lesquelles étaient griffonnés les mots « *Je me vengerai* » (avec des tas de points d'exclamation); le dessin d'une école primaire entourée de tête de mort; et puis, un peu partout sur le sol, des cahiers déchirés, tordus, à moitié brûlés...

Tout en ramassant un crayon de papier cassé en deux, Joanna murmura:

– On dirait bien que le petit Roland Dale n'aimait pas beaucoup l'école!

– Et qu'il n'était pas le champion des rédactions, ajouta Charlotte.

Ce qui ne faisait aucun doute, c'était que Roland Dale avait été un enfant perturbé, cruel avec les animaux, et humilié à l'école par ses professeurs parce qu'il manquait d'imagination.

À propos d'imagination, il semblait également détester les auteurs d'histoires pour enfants: entre les photos de classe et les dessins, des pages de livres couverts de taches étaient clouées au mur par des fléchettes.

Manolo essaya d'en lire une.

– « *Maintenant, écoutez-moi bien, mes enfants, dit Monsieur...* » Pfff, j'arrive pas à lire la suite, râla-t-il, y a une tache en plein milieu !

– « *... dit Monsieur Wonka en élevant la voix...* », l'aida Joanna.

Charlotte se précipita vers eux.

– *Charlie et la chocolaterie* !! De Roald Dahl ! Mon livre préféré !

– Roald Dahl ? s'étonna Mandy. Comme...

– Et celui-là ? la coupa Manolo. « *Vous qui êtes vieille et laide...* ». Zut, il n'y a pas la suite.

– « *... vous deviendrez jeune et jolie et pour cela mangez une petite fille à la sauce tomate !* » s'écria Charlotte, les yeux fermés, comme si elle récitait un poème.

– Tu connais tous les livres par cœur ou quoi ?

– C'est le début de *La sorcière de la rue Mouffetard*. Je l'ai lu vingt-sept fois, expliqua Charlotte.

Alors que chacun essayait de déchiffrer d'autres extraits, le rire grinçant de Roland Dale s'engouffra tout à coup dans la pièce comme un courant d'air glacé, puis s'éloigna. Ils s'arrêtèrent net de lire.

– Bon, on ne va pas moisir ici, hein ? Si on ne s'est pas trompés, le prochain indice doit nous mener à un chapitre du livre où Émile découvre un *laboratoire*, avec des cobayes, dit Joanna. Ça correspond sûrement à la salle où les enfants de l'école sont retenus prisonniers.

– On va commencer par jeter un œil, suggéra Manolo.

Ils s'avancèrent jusqu'à la porte, restée ouverte, par laquelle Roland Dale était sorti : devant eux, une sorte de passerelle entourée d'une paroi circulaire menait à ce qui ressemblait à un grand hublot de machine à laver. Sur le mur était peint un long ruban de toutes les couleurs, tournoyant comme une spirale jusqu'au bout.

– Euh, c'est quoi la phrase qui relie les deux chapitres, au fait ?

– « *Les yeux en face des trous* », répondit Charlotte, le nez plongé dans le chapitre correspondant.

Manolo réfléchit un moment.

– Là, sans faire de mauvais jeux de mots, je ne vois pas, dit-il. Je n'ai aucune idée de ce qui va nous arriver.

Mandy se fraya un passage entre eux et s'engagea dans le couloir.

– Allez! Ça suffit la lecture et les indices : on fonce. De toute façon, on n'a pas le choix!

À peine étaient-il passés que la porte se referma derrière eux et... disparut, laissant apparaître à sa place un mur décoré de cercles colorés, emboîtés les uns dans les autres.

– Vous avez vu? dit Charlotte, à voix basse. On dirait que ça tourne...

Manolo, Mandy et Joanna, qui étaient déjà loin devant, ne firent pas attention à ce qu'elle venait de dire.

– Ça tourne... tourne... tourne, continua-t-elle. Ça tourne tellement que ma tête tourne aussi...

À ce moment, s'apercevant que Charlotte était restée immobile face à l'ancienne porte, Joanna finit par lui crier :

– Charlotte ? Tu viens ?

Elle ne bougea pas. Joanna rebroussa chemin et, arrivée à sa hauteur, lui tapota l'épaule.

– Ohé, y a quelqu'un ?

Comme Charlotte ne réagissait toujours pas, Joanna se plaça face à son visage, entre le mur et elle. Là, elle remarqua que ses yeux avaient changé : ses pupilles étaient devenues des cercles concentriques qui tournoyaient dans le sens des aiguilles d'une montre.

Joanna cria :

– Hé ! Attendez !

Les autres se retournèrent et rejoignirent Joanna.

– J'avais pas vu ce truc qui tourne, dit Mandy, c'est... apaisant...

Elle parlait de plus en plus lentement, comme si elle allait s'endormir.

– Ne regardez pas les cercles ! cria Joanna. Ils ont hypnotisé Charlotte !

Ils baissèrent aussitôt les yeux, mais à cet instant, c'est le couloir tout entier qui se mit à tourner autour d'eux!… Le ruban tourbillonnait, les enveloppant dans une spirale multicolore qui semblait avancer.

– C'est un piège! lança Manolo, fermez les yeux!

Joanna obtempéra et, à l'aveuglette, elle secoua Charlotte.

– Allez, réveille-toi maintenant!

Aucune réaction. En ouvrant légèrement les paupières, Joanna vit que Charlotte, le regard perdu dans le vide, ne bougeait pas d'un poil, façon poisson mort.

C'est alors qu'elle eut une idée.

– Désolée, ça va faire mal, mais c'est pour ton bien.

Elle lui planta ses deux index en plein dans les yeux –
instantanément, Charlotte poussa un cri.

– Ça va pas, non, espèce de malade?!
Ça piiiiique!

– Contente de te retrouver, ma vieille! répondit calmement Joanna. Tu as été hypnotisée par le mur qui
tourne. Maintenant, il ne faut plus ouvrir les yeux,
d'accord?

– Parce que tu crois que je peux les ouvrir, là? T'as
vraiment intérêt à ce que je n'aie pas de séquelle! Quand
mon oncle saura ça…!

Joanna sourit. Si Charlotte parlait de se plaindre au-
près du maire, ça signifiait que l'effet de l'hypnose
avait totalement disparu. Sans plus attendre, elle l'attrapa par la main et l'emmena vers les autres.

Une fois arrivées à leur hauteur, elles découvrirent Manolo et Mandy figés à leur tour, les yeux grand ouverts, face au hublot qui donnait sur la pièce suivante. Joanna secoua Manolo.

– Oh non c'est pas vrai : vous aussi ?!

Mais au lieu de rester immobile, comme Charlotte avant la technique « doigts dans les yeux », Manolo tourna lentement la tête et dit, d'une voix tremblante :

– Non... C'est juste que... Regarde !

Son air terrorisé donna la chair de poule à Joanna. Elle jeta aussitôt un œil à travers le hublot et vit avec horreur ce que l'infâme Roland Dale avait fait des enfants kidnappés.

17

Qu'est-ce que c'est que ce cirque?

De grands bocaux en verre étaient reliés, par des dizaines de tuyaux, à un gigantesque récipient cuivré. À l'intérieur des bocaux, les enfants flottaient, hagards, dans un liquide bleu. Un bruit de bouillonnement provenait de la cuve, dans laquelle se jetait le liquide coulant des tuyaux. Le fameux élixir bleu que buvait Roland Dale!

Quant aux tuyaux, tels des serpents de caoutchouc, ils se tordaient, se gondolaient... le tout ressemblait à une immense pieuvre à cinquante bras.

Manolo et les autres se tenaient debout dans la pièce, sans voix, regardant avec effroi les enfants piégés dans leurs aquariums.

Joanna sentit les larmes lui monter aux yeux. Elle prit la main de Manolo, qui ne tourna même pas la tête, tant il était absorbé par l'horrible spectacle.

Mandy rompit le silence :

– Paco ? Où est Paco ?!

Sans réfléchir, Manolo lâcha la main de son amie et se précipita dans la pièce pour examiner l'intérieur des bocaux. Il découvrit Melvin, en boule, les bras autour des jambes, pivotant sur lui-même, tel un ballon perdu dans une piscine. À côté, Samir le fixait sans cligner des yeux, comme mort. C'était terrifiant.

Enfin, il le vit. Son cousin, Paco.

– Il est là !

Bras et jambes écartés, le garçon flottait dans son bocal. Joanna arriva.

– Il faut qu'on les sorte de là !

Mandy les rejoignit à son tour. Lorsqu'elle vit Paco, ses yeux s'embuèrent. Puis elle cria :

– Vite !

Ils scrutèrent le couvercle pour trouver une façon de l'ouvrir.

– Le plus simple, ce serait de donner un bon coup de pied dedans ! suggéra Mandy.

– Non, trop dangereux, répondit Manolo. On pourrait les blesser et puis… il faut être prudent avec ce liquide bleu…

Tout à coup, Charlotte, qui était restée avec Honk près de l'entrée, accourut vers eux en poussant l'animal. Elle chuchota :

– J'entends quelque chose !! Je crois qu'*il* revient !

Mandy leur fit signe et ils choisirent chacun un bocal derrière lequel se cacher. Manolo, encombré de son otarie, partit tout au fond de la salle où il n'y avait presque pas de lumière, et où il était donc plus facile de passer inaperçu.

Sur le mur de droite, une porte pivota et Roland Dale apparut, accompagné d'une plante sur pattes bien plus grande que celles qu'ils avaient vues jusqu'à présent. On aurait dit un immense tube vert, entouré de longues tiges – l'une d'elles, sectionnée, était plus courte que les autres.

Roland Dale s'avança jusqu'au récipient cuivré, posa le fouet qu'il tenait dans la main – sans doute lui servait-il à contrôler le monstre qui l'accompagnait – et tapota la jauge qui se trouvait au centre.

– Ah! 125 litres d'élixir… Voilà une belle récolte, mes amis!

Levant les bras, l'Écrivain Abominable s'éleva subitement à un mètre au-dessus du sol – derrière leur bocal, Manolo et les autres s'accroupirent immédiatement. Quant à Honk, imitant son maître, il s'allongea.

– Il est temps de goûter à ce nouveau millésime! s'exclama Roland Dale, flottant dans les airs.

Il plongea un flacon dans l'énorme récipient et le porta à sa bouche.

Instantanément, ses yeux se mirent à grandir et s'élargir… jusqu'à atteindre la taille d'une soucoupe de tasse à café! Ils devinrent verts, puis bleu fluo, rose pétant et enfin jaune vif, puis ils se changèrent en deux spirales arc-en-ciel qui tourbillonnaient au-dessus de sa bouche! Puis, Roland Dale hurla:

– Je vais vider vos cerveaux de minables créatures inutiles!

Ses cheveux se dressèrent sur sa tête, parcourus d'éclairs, comme électrisés.

– Ma puissance imaginative n'aura plus de limites!

À moi le succès!

Manolo n'en revenait pas. Alors ça lui servait à *ça*, de kidnapper les enfants? À voler leur imagination pour écrire ses sales histoires… et se venger de ce qu'il avait enduré à l'école?!

Levant les bras au ciel, Roland Dale tourna sur lui-même. Sa voix devint assourdissante, comme s'il criait dans un micro. Joanna se couvrit les oreilles de ses mains.

– *Vengeaaaaance!!*

Une grosse bulle bleue s'échappa alors de la cuve, commença à flotter dans l'air et passa près de l'horrible personnage. Il cessa de tourner, prit la bulle entre ses mains et la souleva au-dessus de sa tête.

– ... Je vais devenir l'être plus *influent*, le plus *puissant*, le plus *brillant* de ce monde!! *HAHAHAHA!!*

Sa voix perçante résonnait si fort dans toute la pièce que Honk finit par redresser la tête, aux aguets. Manolo posa sa main sur l'animal, pour le rassurer, mais sans succès: l'otarie se releva, et se rua vers le voleur d'enfants en poussant des cris rauques. *Honk, Honk, Honk!*

– Mais! Qu'est-ce que...?!

Tandis que Roland Dale restait figé à un mètre du sol, les mains devant lui en guise de protection, Honk se dressa sur ses nageoires postérieures, fit tournoyer la grosse bulle bleue sur son museau et se mit à applaudir, visiblement très fier de son numéro.

Manolo regardait la scène, sans savoir que faire. Il rejoignit Joanna en se faufilant de bocal en bocal.

– On va profiter de la diversion, lui dit-elle.

– En profiter pour faire quoi ??

Au moment précis où Manolo prononça cette phrase, la bulle éclata. Déçu, Honk chipa aussitôt le flacon que Roland Dale tenait encore, l'attrapant entre ses dents et le balançant au-dessus de lui, pour s'en servir d'accessoire. Une partie du liquide lui tomba dans la gueule.

– Mais que fait ce… ce… phoque, ici ?! s'étouffa Roland Dale.

– C'est pas un phoque, c'est une otarie ! grogna Manolo à voix basse, les poings serrés.

– Je disais… On va profiter de la diversion pour s'approcher de ce sale type, par-derrière, continua Joanna.

Tandis que Honk continuait joyeusement à faire voltiger le flacon désormais vide (de sa queue à son museau et vice-versa), Joanna attira l'attention de Charlotte et Mandy. Quand les deux filles eurent enfin tourné les yeux vers elle, elle pointa la plante verte du doigt et fit glisser le plat de sa main sur sa gorge comme pour dire : « Vous lui réglez son compte ». Mandy hocha la tête et chuchota quelque chose à Charlotte.

Sans rien voir de tout ce manège, Roland Dale semblait bouillir. Il se tourna vers sa plante apprivoisée et hurla :

– *Débarrasse-moi de ce machin à nageoires !*

L'horrible plante à pattes fonça vers l'animal et, une fois devant lui, ouvrit l'espèce de couvercle qui lui servait de bouche. De sa cachette, Joanna cria :

– Attention !

Mais Honk continua à jouer avec le flacon, sans avoir conscience du danger. Tandis que Manolo restait pétrifié, Joanna courut…

Hélas, elle arriva trop tard : sous les yeux horrifiés de son maître, Honk disparut, gobé par la plante.

Le flacon roula au sol, abandonné. Pendant quelques secondes, tous restèrent silencieux, paralysés par ce qu'ils venaient de voir. Le visage hideux de Roland

Dale était traversé d'un grand sourire qui montrait toutes ses dents jaunes.

– Tu es bien gourmande, ma grande! Il faut quand même garder de la place pour les autres sardines! HAHAHA!

Manolo surgit alors de sa cachette, noir de rage. Il se précipita droit sur l'Écrivain, tête en avant, comme un taureau – mais il fut arrêté dans sa course par la plante, qui le saisit aux jambes. Ligoté, Manolo s'effondra au sol.

Joanna s'élança à son tour – en la voyant, Roland Dale eut un mouvement de recul.

– Mais je vous reconnais... Vous êtes les deux vauriens de l'école!

Tendant une main griffue vers Joanna, il projeta un rayon de lumière bleue. Manolo hurla:

– Joanna! Ferme les yeux! Ne regarde pas la lumière!

Il ne put en dire plus: la plante le souleva au-dessus de sa gueule, prête à le gober.

– Tu te crois le plus malin ? vociféra Roland Dale.

Mais Joanna partait déjà à l'attaque. Profitant de son élan, elle se laissa glisser sur le sol, les pieds en avant : elle frappa le pot de la plante de plein fouet. Celle-ci vacilla, faillit perdre l'équilibre, mais parvint à se redresser de justesse en se servant de ses longues tiges comme d'un balancier. Elle attrapa Joanna, qui se retrouva suspendue à côté de son ami.

Mandy se leva : à elle d'agir. Elle virevolta, tantôt sur ses mains, tantôt sur ses pieds, enchaînant les pirouettes jusqu'à arriver devant le monstre vert, qui ne savait plus où donner de la tige. Mandy sauta par-dessus la plante, la contourna, fit la roue, sauta encore. Le Planctosaurus commençait à avoir le tournis, et titubait sur ses racines ; ligotés dans ses tiges, Joanna et Manolo étaient secoués dans les airs.

Enfin, Mandy attrapa ses couteaux.

– Mais qu'est-ce que c'est que ce *CIRQUE ?!*
hurla Roland Dale, stupéfait.

– C'est le cirque Luis Mariotti ! répondit Manolo, tête en bas.

– Dont voici une démonstration, rrrrien que pour vous ! cria Mandy.

Elle visa le monstre en fermant un œil, et lança un à un les couteaux, qui tournoyèrent dans les airs avant d'atteindre leur cible. La plante se retrouva clouée au sol, deux de ses tiges fichées dans la terre par les lames.

– Et maintenant, le bouquet final !

L'acrobate sortit d'autres couteaux de sa ceinture, et les lança tous vers la plante d'un seul geste. Les tiges restantes furent tranchées net : Manolo et Joanna tombèrent de tout leur poids.

– Vous allez le payer cher ! ***TRÈS cher !*** s'énerva Roland Dale.

Il poussa un cri en serrant les poings. Tout autour de lui se forma une sorte de halo bleu, une lumière éblouissante qui força Manolo et les autres à fermer les yeux. Puis l'abominable personnage ouvrit les mains, les tendit droit devant lui, et projeta un rayon intense. Manolo gardait les paupières closes, mais il pouvait sentir la lumière maléfique les traverser. Il se recroquevilla contre le sol, mit les bras autour de sa tête. Joanna et Mandy l'imitèrent.

Tout à coup, ils entendirent un sifflement, suivi d'un claquement. La lumière bleue s'éteignit. Manolo entrouvrit les yeux et aperçut Charlotte qui se tenait fièrement devant eux, fouet en main. La lanière de cuir s'était enroulée tout autour de Roland Dale, qui se retrouvait ligoté comme un saucisson.

– Oui : c'est le cirque Luis Mariotti! déclara fièrement Charlotte.

Charlotte donna un coup sec sur le fouet, déroulant Roland Dale qui tournoya sur lui-même à une vitesse vertigineuse et termina sa course dans la cuve restée ouverte. Manolo n'en croyait pas ses yeux : elle maniait le fouet comme si elle avait fait ça toute sa vie !

À ce moment, Mandy voltigea, attrapa le couvercle de la cuve et le vissa sur le récipient, enfermant Roland Dale dans sa machine. Il coula dans le liquide bleu. On l'entendit crier, comme du fond d'une piscine, dans un mélange de voix et de bulles. Il asséna des coups sur le métal... et puis, plus rien.

– Allez, on libère vos copains ! lança Mandy.

Ils trouvèrent le système d'ouverture des bocaux (un simple bouton !) et extirpèrent les enfants du liquide poisseux dans lequel ils flottaient. Seul Manolo restait immobile, les yeux rivés au sol.

Joanna s'approcha de lui.

– Manolo ? Ça va ?

Elle vit des larmes couler de ses yeux.

– C'est Honk, c'est ça ?

Manolo hocha la tête, incapable de faire sortir le moindre son de sa bouche. Honk… Il s'assit par terre, cacha son visage dans ses mains, et pleura de plus belle, le cœur en miettes.

18

Vieux mangeur de maquereaux!

Rapidement, les premiers enfants libérés commencèrent à reprendre conscience. Ils avaient l'air encore un peu endormis, les plus petits demandaient où étaient leurs parents, d'autres répétaient des phrases incompréhensibles, mais l'effet du sort semblait s'amenuiser de minute en minute.

Paco ne tarda pas à se faire entendre.

– Wahou!! C'était quoi, cette machine? Et il est là, Manolo – oh, j'ai même plus mal à mon pansement!

Joanna s'approcha de la plante qui avait mangé Honk, toujours immobilisée par les couteaux. Elle était adossée au mur, son pot reposant sur le sol, ses racines étalées tout autour. Elle ne bougeait plus du tout. Joanna s'avança encore, jusqu'à frôler l'énorme tube vert.

– Je crois qu'elle est morte.

Manolo haussa les épaules et pleura de nouveau, la tête entre les bras, accablé.

– Attends... On dirait que...

Joanna colla son oreille contre la plante en fronçant les sourcils.

– Mais oui... ça... ça bouge là-dedans !

Elle se mit à siffler.

– Arrête Joanna, murmura Manolo sans lever la tête.

Elle siffla encore une fois.

– Joanna ! Arrête, je te dis !

– Tais-toi ! J'entends quelque chose !

Intrigué, Manolo se leva en reniflant, essuya les larmes qui coulaient sur ses joues, et s'approcha.

– Siffle, toi aussi ! Vas-y, siffle ! lui ordonna Joanna.

Il émit d'abord un sifflement un peu raté, entre deux sanglots, puis un deuxième, plus fort.

Manolo colla son oreille contre le tube. Un tout petit, tout faible rugissement d'otarie émergeait des profondeurs. Il ramassa aussitôt un couteau et commença à découper le tube.

Alors qu'il était arrivé à mi-hauteur, la plante s'ouvrit complètement…

... et Honk s'affala sur le sol, couvert d'un liquide verdâtre.

Manolo essuya la tête de l'animal, versant de nouvelles larmes – mais de joie, cette fois.

– Honk! Tu es vivant!!

Il prit l'otarie dans ses bras, tandis que Joanna applaudissait en sautant sur place.

Aussitôt, Honk frappa ses nageoires l'une contre l'autre pour se joindre à la fête.

– Honk! Vieux mangeur de maquereaux! lança Mandy qui arrivait jusqu'à eux avec Paco. Bon, on a sorti tout le monde, ils reprennent leurs esprits tranquillement. Je crois qu'on va bientôt pouvoir partir.

– Manolo! Pourquoi tu fais un câlin à Honk? dit Paco. J'ai faim, moi! Baaaaah, c'est beurk ce truc mort par terre!!

Manolo lâcha Honk pour se précipiter vers son cousin. Il le souleva.

– Hééé, pas si haut! C'est bientôt l'heure du goûter? Maman elle veut pas que je bois du coca. Ça m'énerve un peu quand même!

– Il reste un petit détail…, intervint Charlotte, pointant la cuve du doigt. On fait quoi du sale type?

– C'est vrai ça, dit Mandy, on peut pas le laisser là… Il pourrait trouver un moyen de sortir!

Manolo reposa Paco et ils s'avancèrent tous jusqu'à la cuve. À travers le hublot, on pouvait voir Roland Dale nager dans le liquide tantôt bleu, tantôt jaune, tantôt rose. Bizarrement, il avait comme rétréci au lavage… Il faisait désormais la taille d'un chat.

– Waouh, il rapetisse à vue d'œil!

En effet: quelques secondes plus tard, il avait atteint la taille d'un rat. Puis d'un poisson rouge. Et finalement, il disparut complètement. Paco se colla à la vitre.

– Le monsieur du livre, il est tout fondu comme du kiri dans la soupe!

– Problème réglé! annonça Mandy. Il ne fera plus de mal à personne…

Ils décidèrent à l'unanimité de vider les bocaux et la cuve et de détruire l'installation, pour éviter qu'un autre savant fou ne mette la main dessus. Une fois tout le liquide absorbé par le sol (et un peu par Honk, qui y avait pris goût), ils saccagèrent le laboratoire.

Ensuite, il fallut préparer tout le monde à quitter le château. Ce ne fut pas chose facile, car certains petits réclamaient encore leurs parents, d'autres n'arrivaient pas bien à se réveiller, et Melvin répétait, comme fou, « Qu'est-ce que? Qu'est-ce que? ». Surtout, personne ne savait ce qui les attendait encore avant la sortie. Ils décidèrent de passer par la porte de gauche, qui donnait sur un couloir éclairé.

– Mandy, prépare tes couteaux, dit Manolo. Il se pourrait bien qu'on se retrouve encore nez à nez avec les monstrueuses créations de Roland Dale!

Lorsqu'ils pénétrèrent dans le couloir, Manolo sentit un frisson grimper tout le long de son dos, à faire se dresser les petits poils de son début de duvet.

– Des ombres !! Là, au bout !! Y a quelque chose ! hurla Joanna.

Mandy attrapa ses couteaux et Charlotte, son fouet, toutes les deux prêtes à en découdre avec de nouvelles plantes. Mais ce qui apparut devant elles avait une tête, des bras, des jambes et une peau qui n'était pas (exactement) verte.

– Maîtresse !! cria Charlotte, en bousculant tout le monde pour se précipiter vers Madame Gastraud. Les plantes ne vous ont pas dévorée !

Manolo poussa un soupir de soulagement. Il y a quelques jours, voir Madame Gastraud et Madame Grette aurait été tout sauf une délivrance, mais cette fois, il fallait l'avouer (même s'il ne le dirait jamais à voix haute), il était très heureux de la surprise.

– En fait, les plantes puantes du car... c'étaient les maîtresses! s'exclama Joanna.

– Euh, mais celle qu'on a éventrée?

– Ça, il vaut mieux ne pas le savoir...

– En tout cas, cette fois nous pouvons sortir d'ici tranquilles, annonça Mandy. L'envoûtement de Roland Dale a fondu avec lui!

Une fois dehors, Madame Gastraud prit les commandes du car, et ils quittèrent le parc sans avoir à affronter la hargne des sapins, redevenus d'inoffensifs conifères.

BONUS 3

PHOQUE OU OTARIE ?

*Il est temps d'apprendre
à faire la différence...*

On a souvent tendance à les confondre, et pourtant… ils n'appartiennent pas à la même famille ! Les otaries sont des Otariidés, comme les lions de mer, alors que les phoques font partie de la famille des Phocidés, comme les éléphants de mer.

Voyons un peu leurs différences dans le détail, à présent…

Forme du corps

L'otarie mesure 2 mètres en moyenne et pèse 250 kg.

Le phoque, lui, mesure 1m50 en moyenne et pèse 90 kg. Il est plus court, plus léger, mais aussi plus « pataud ».

Nageoires et déplacement

Sur terre, l'otarie est très habile.

Cela est dû à la forme de ses nageoires avant, qui sont plus grandes que celles du phoque. Elle est capable de redresser le torse en s'appuyant dessus.

Du coup, l'otarie peut marcher, alors que le phoque, lui, rampe.

Dans l'eau, l'otarie peut utiliser ses nageoires pour se diriger, comme un gouvernail, contrairement au phoque qui ne s'en sert que pour se propulser.

Tête

L'otarie a un museau plus allongé : elle ressemble un peu à un chien ! De plus, elle a des oreilles qui dépassent… Pas le phoque !

Habitat

Otaries et phoques ne vivent pas au même endroit !

Les otaries vivent dans les eaux australes et dans le Pacifique, alors que les phoques, eux, vivent surtout dans les eaux froides de l'Arctique et de l'Antarctique (même si on peut en trouver certains dans les eaux tempérées, comme en Bretagne). Tu ne verras jamais une otarie sur la banquise !

ÉPILOGUE

Il va sans dire qu'après cette aventure, Manolo ne fut plus considéré comme un bon à rien par Madame Gastraud. Elle l'autorisa même à dessiner des tigres dans ses cahiers et à rêvasser par la fenêtre. Malheureusement, deux jours plus tard, le cirque Mariotti devait quitter Saint-Laurent-sur-Grole...

La veille de leur départ, le cirque donnait une dernière représentation dans le village. Luis proposa à son fils de participer au spectacle. Et, pour l'occasion, il lui offrit son premier costume de scène, un habit splendide, blanc et or, comme le camion qui transportait l'otarie !

Manolo était fou de joie. Ce qu'il ne savait pas, c'est que son père lui avait préparé une autre surprise…

… ainsi, lorsque le garçon jeta un œil à travers le rideau, un peu stressé bien sûr, il aperçut Charlotte et son oncle, assis au milieu, à côté de Madame Gastraud et de Madame Grette. Puis il vit Noam, Melvin, et les autres, éparpillés un peu partout, et enfin… Joanna et sa famille, au premier rang : tout le village était là !

Mandy posa une main sur son épaule.

– Luis a offert une entrée à chacun comme cadeau d'adieu !

Manolo entra en piste. Il n'avait plus du tout le trac ! Il fit un clin d'œil à Joanna qui lui répondit par un grand sourire. Puis il se lança :

– Ce que vous allez voir ce soir, mesdames et messieurs, dépasse tout ce que vous avez pu imaginer.

Il s'écarta, et Honk arriva, un grand cahier d'école coincé sous l'une de ses nageoires antérieures.

– C'est un numéro extraordinaire qui vous est présenté ce soir… Une première *mondiale* !

Joanna et Charlotte ouvrirent grand les yeux : Honk était en train de s'installer derrière un bureau. Puis il posa le cahier à plat devant lui et, délicatement, il l'ouvrit. Enfin, l'animal s'éclaircit la gorge par un aboiement, et…

–Le cirque Mariotti présente...

Des roulements de tambour résonnèrent sous le chapiteau. Oui, Honk s'était mis à lire à voix haute !

– Veuillez acclamer Honk, l'otarie qui écrit des histoires !! annonça Manolo.

Devant le public ébahi, Honk lut un texte qui parlait d'un cirque d'otaries présentant des numéros avec des humains apprivoisés. C'était hilarant ! Une fois l'histoire terminée, tout le monde se leva et applaudit.

Mais Joanna, elle, resta assise, stupéfaite. C'est alors qu'elle revit le moment où Honk avait avalé le contenu du flacon, dans le château, juste avant la disparition de Roland Dale... Et aussi la cuve renversée !

Voilà l'explication : Honk avait acquis des pouvoirs grâce au liquide bleu ! C'était vraiment le comble. Manolo, qui détestait lire, se retrouvait avec une otarie écrivain !

Ayant résolu le mystère, Joanna se leva et applaudit à son tour, puis elle cria, les deux mains en guise de porte-voix :

– Hé, Honk ! Le prochain auteur qu'on invite à l'école, c'est toi !

TU AS AIMÉ

L'écrivain abominable

TU VAS ADORER...

Couverture souple avec rabats
208 pages - **10,90 €**

9 782848 659527

Rufus le fantôme

Chrysostome Gourio
Illustrations d'Églantine Ceulemans

Rufus est un fantôme. À l'école où il va, il y a des zombies, des vampires et des loups-garous. Si le papa de Rufus lui a dessiné un avenir tout tracé, notre fantôme, lui, a d'autres ambitions : **il veut devenir la mort.**

Oui, la Faucheuse, en chair et en os (surtout en os). Un métier passionnant et plein d'avenir, mais pas toujours facile à exercer, ainsi que Rufus va l'apprendre : conditions stressantes, horaires à rallonge…

Et si tout ça devait mener à une grande grève de la mort ?

Directeur de publication : Frédéric Lavabre
Collection dirigée par Tibo Bérard
Maquette : Xavier Vaidis, Claudine Devey

© Éditions Sarbacane, 2017

Achevé d'imprimer en octobre 2017
sur les presses de l'imprimerie Grafica Veneta S.p.A.
N° d'édition : 0025
Dépôt légal : 1er semestre 2017
ISBN : 978-2-84865-963-3

Imprimé en Italie